U0061125

古怪國不思議事件 4

身分被盜的宇宙大盜

段立欣 著

新雅文化事業有限公司
www.sunya.com.hk

目錄

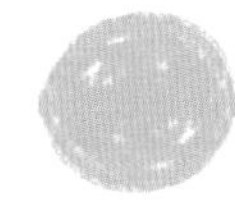

宇宙大盜
西柚來啦！

我是著名的宇宙大盜，響噹噹的西柚。

如果你沒聽説過西柚，那你肯定從來都不看「宇宙大盜通緝令」！要知道，這裏面可是包含了幾乎所有臭名昭著的人。

催眠惡魔暈乎乎、霹靂小偷滑溜溜、火藥人轟隆隆……不過這些傢伙跟我比起來，簡直不值一提。

沒錯，那個排在通緝榜單首位的、眼中露出邪惡殺氣、下巴上長滿刺蝟鬍鬚，連呼吸都充滿了火藥味的人就是我，宇宙大盜——西柚！

你聽，關於我的名氣，廣播裏説得清清楚楚：「誰要是能抓到宇宙大盜西柚，將會得到一億銀河金幣的賞金！」

這個價錢足夠買一百艘飛碟了。曾經風靡全宇宙的神槍手獨眼克如果知道了，一定會跳起來大叫：「氣死我了！我都沒有這個價碼！」還好他現在已經被關進宇宙黑洞監獄，再也看不到這個關於我的懸賞令了。

不過，你可別妄想抓到我去領賞金，因為除了盜竊以外，我最大的本事就是——逃跑！如果不是大盜這個稱謂太吸引我，我大概會去參加環宇宙馬拉松比賽，做一名運動員。

但是你知道的，一億賞金還是太過誘人了，所以每天追在我屁股後面跑的除了宇宙警察，還有各種各樣的正義英雄。

比如：藍色水球國的超人、土坷垃國的石頭俠、汪洋國的超能閃電水母！每個所謂的「英雄」都躍躍欲試。只可惜讓大家失望了，作為宇宙裏最厲害和聲名赫赫的大盜，我還從沒被抓住過。

好吧，如果你還是不知道作為「宇宙大盜」的我到底做了什麼，那我就列舉幾個著名事件給你聽聽。

我，宇宙大盜西柚，曾經盜取了土坷垃國的「鎮土石」，賣給了木子李國，害得土坷垃國飛沙走石了一整年。所以，我敢保證，捉拿我的賞金裏，一定有土坷垃國出的一份。去木子李國交貨的時候，我又順手盜走了木子

李國的「熊貓蛋」，賣給了藍色水球國。據說現在那些熊貓蛋已經成功孵出了迷你小熊貓，牠們只有巴掌那麼大，可愛至極。當然，我還順路帶走了兩個藍色水球國上的總統，賣到了布拉國的動物園，因為藍色水球國的總統實在太多了，少兩個也不會有人發現。

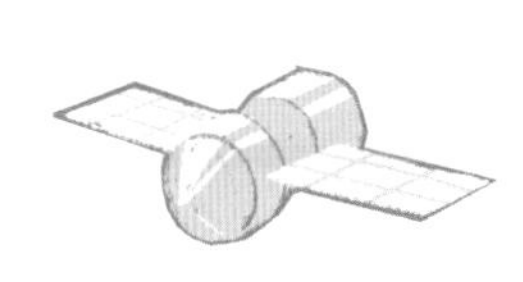

總之，我走到哪裏，哪裏就會留下「宇宙大盜」西柚的偉大傳說。

如果現在你就已經開始驚歎我的盜竊本領，那有點為時過早了，因為這些都是小把戲，更多的時候我盜竊的是衞星——天然衞星或者人造衞星！這是別的盜賊想都不敢想的。

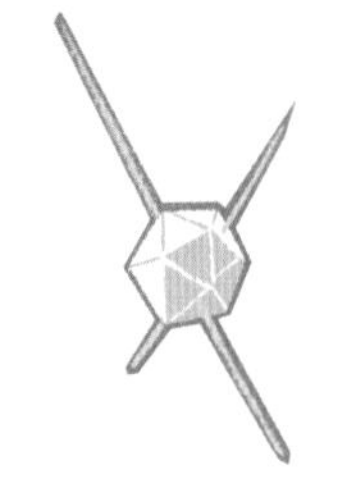

我把盜竊來的東西和換取的金幣，通通裝進我的大盜皮囊。

什麼，你說我為什麼要這麼費事，直接偷金幣不就好了？開玩笑，我是宇宙大盜賊，偷金幣是小毛賊幹的事情，這麼不講求技巧的事情，我才不幹呢！

對了，說起我的大盜皮囊，那我可就要好好地炫耀一

番呢！

雖然它看起來只是一個簡單的黑色皮口袋，上面還多少有些棕色雜毛，但你可別小看它，這口袋可是用萬年貪吃獸的皮做成的。

萬年貪吃獸你知道吧，宇宙極度危險物種！牠們沒有智商、沒有思想，甚至沒有味覺。貪吃獸從一出生開始，就只知道張開大嘴吃吃吃。因為沒有味覺，所以牠什麼都吃，吃什麼都行，不管好吃不好吃。

記得我的盜賊師父說，他小時候就發生過一次貪吃獸吃掉了大半個宇宙的悲劇。如果當時不是幾萬名宇宙警察集體出動把牠制服，也許所有星球和國家都沒有了，那麼，也就不會有今天的宇宙大盜西柚了。

我說到哪兒了？

對，萬年貪吃獸，我想說的是，它之所以能吃得下這麼多東西，就是因為牠的肚皮能無限撐大和縮小。所以，用貪吃獸的皮做出的皮囊，同樣可以無限伸縮，甚至裝幾百顆小衛星都不在話下。重要的是，無論裝多少東西，它提起來都輕飄飄的，毫不費力。

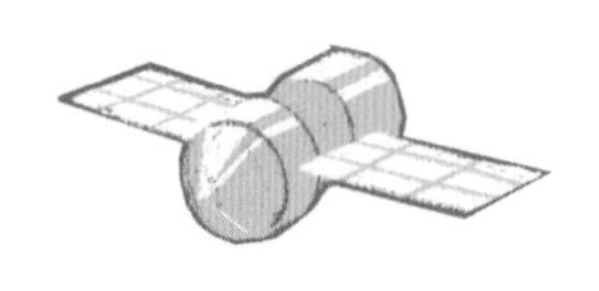

這下你知道了吧，我就是用這個大盜皮囊，把看起來形狀更規則、顏色更鮮豔、功能更奇特的衛星「收集」起來，賣給那些用黑布蒙着面孔、只露出兩隻眼睛的各個國家的神秘買家，從而獲得銀河金幣。他們總是一邊從我的手裏接過衛星，一邊神秘兮兮地說：「千萬別說見過我！也別問我是誰！」

真可笑，你們是誰、買衛星幹什麼用，我才沒空去探究呢。我只知道，我的盜竊本領讓我賺到了大把的金幣。當然，還有大大的名聲。

也有人說我這叫「臭名昭著」，他們總說：「大盜西柚的名聲太臭了，簡直比榴槤國的口臭糖還臭！」但我無所謂，能讓人們知道我、記住我，就足夠了！

你聽，每到夜深人靜的時候，如果哪個國家有又哭又鬧不睡覺的小孩兒，他們的媽媽一定會說：「再哭、再哭就讓西柚把你盜走！」看吧，孩子們馬上就會乖乖閉上嘴巴。

每到這時我就無比驕傲，因為，連小孩子都知道我宇宙大盜西柚的威名了。

不過我可不會去偷那些小孩子的，因為他們的吵鬧聲會把耳膜震破，哭喊聲會把我逼瘋。

記得上次我在魔法國偷魔法石，眼看就要成功時，一個揮着魔法棒、有着一雙尖耳朵的小男孩忽然衝過來，緊緊拉住我的胳膊喊着：「你是宇宙大盜西柚，沒錯！你比通緝照上帥多了！哦，你的鬍子和頭髮像刺蝟一樣，我可以把你變成一隻真正的刺蝟嗎？」

天啊！我這麼兇狠的造型竟然被他説成了是隻刺蝟！這孩子的眼睛一定是被水晶球迷霧糊住了。

更可惡的是，就因為他的大喊大叫，害得我差一點就被宇宙警察發現。還好我不愛跟小孩子計較，那太有損我宇宙大盜的形象了。

惹不起我躲得起！我先用一顆滑溜溜果讓自己變得滑溜溜，成功逃離小男孩的手掌後，立刻戴上飛行帽，加速逃回了飛船。

關閉艙門後我總算踏實了，忍不住大喊一聲：「這輩子我都不要跟小孩子在一起！」不知道這聲音能不能傳遍整個宇宙。

親愛的老鼠朋友，

你們喜歡讀星際太空鼠的冒險故事嗎？

請大家期待我下一本新書吧！

報告艦長！……我是菲

當然，這些都是我盜竊生涯中的一些小插曲，哪一個大盜沒有不同尋常的經歷和故事呢？但你要相信，我的赫赫威名可遠不止這些。

沒錯，這就是我，最最著名的宇宙大盜——西柚！

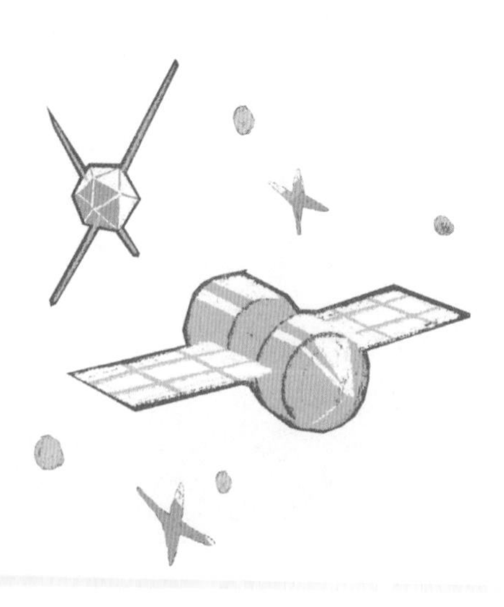

倒霉又倒霉的一天

你們知道嗎，這段時間在我身上發生了一件驚天動地的大事。如果這件事發生在你身上的話，你一定會驚訝地大叫：「天啊！怎麼可能，這簡直太不可思議了！」

但對於我大盜西柚來説，沒有什麼事情是稀奇的。下面就讓我來給你們講講我的故事吧，你們可要豎起耳朵認真聽哦！

其實我早就應該意識到，最近我的運氣很差，經常遇到倒霉事，應該小心一點才對的。

比如那天，我盜竊了一顆喵眼國的綠喵石，準備賣給寶石國。哪想到，我剛坐進「找不着北號」飛船裏，就遇到了想要捉拿我的巨喵人。

看吧，他的頭足有臉盆大，一藍一紫的兩隻貓眼睛不懷好意地瞇縫着。這傢伙雙手叉着腰，尾巴向天翹，鼻孔簡直要翻到天上去了。這個巨喵人站在我的飛船前面大聲叫囂：「嘿，西柚，放聰明點，我會緊緊盯着你的！你還是乖乖跟我去領賞金吧！喵！」

看他那囂張樣子，好像已經把一億銀河金幣收入囊中了似的。我的腦袋又沒被隕石砸到，怎麼可能乖乖地束手就擒？要知道，我可是最擅長逃跑的宇宙大盜。

於是我施展了我宇宙無敵的逃跑技能，把飛船上的牛油加速器輕輕一拉，我的「找不着北號」瞬間來了一個360 度大旋轉，盯着它看的人絕對會頭暈目眩。借這個機會，飛船猛然急停，朝着一個方向「噌」的一下發射了出去。瞬間，那傻大貓就被我拋到腦後了。

不過，每次使用牛油加速器都會搞得我自己也暈頭轉向。這下，我竟然弄錯了寶石國的方向，跑到了番茄國。不過這也沒什麼大不了的，我還可以順便從番茄國盜走一些番茄。

番茄國，以種植各種稀奇古怪的番茄成名。他們的番茄不僅有各種形狀，連味道都可以隨意調配。記得有一次，在宇宙蔬菜博覽會上，我花了十銀河金幣，訂製了一顆「宇宙大盜西柚」樣子的番茄。它只有水杯大，味道甜中帶酸。你知道嗎，吃掉「自己」的感覺，真的很奇特。

所以，我對番茄國還是有好感的。

當我誤打誤撞跑到番茄國的時候，看到這裏的番茄已經豐收了。如果你沒親眼見過，一定想像不到，這裏的番茄是高高地掛在樹上的。它們有三角形、橢圓形、正方形等不同形狀。成熟的番茄們把樹枝壓得彎下了腰，好像隨時都要掉下來似的。

當然，我還是比較習慣吃傳統的扁圓形番茄。那些扁圓形番茄像紅水晶一樣呈現出半透明的狀態，中間包裹着的紅色種子閃閃發光。

這種番茄的顏色大大激起了我的食慾。我順手摘了一顆最大最紅的，一口咬下去！番茄飽滿的汁水噴了出來，真是香甜可口，清涼解渴啊！

不過……我邊吃邊想，怎麼總感覺自己好像忘了點什麼呢？

「哦！天啊！」當吃掉最後一口番茄的時候，我驚訝地叫了起來：「我吃之前竟然忘了查看《宇宙旅遊飲食注意事項》。」

要知道，宇宙這麼大，每個國家的食物都有特別大的差異，沒把握的東西是不能隨便亂吃的，要不然，什麼奇怪的事情都有可能發生。

想到這裏我連忙在衣服上擦乾淨手，從身後的大盜皮囊裏拿出了一本手冊，還沒等找到關於透明紅番茄的介紹呢，我就發現，自己的手變綠了。

我急得不停地嘟囔：「糟糕，糟糕，沒有什麼比這更糟糕的了！」事實上，更糟糕的事情還在後面呢。

《宇宙旅遊飲食注意事項》手冊上是這麼説的：番茄國的特產番茄種類豐富，營養價值高，大部分都適合食用。但有一種番茄需要注意。它沒成熟時是半透明的紅色，像紅色水晶，味道香甜可口。成熟後反而變成了綠色，味道也會隨之變酸，它的名字就叫綠水晶番茄。綠水晶番茄是全宇宙最有營養的蔬果，非常稀有，價值不菲……

「管它『稀有』還是『不菲』，吃了沒成熟的紅番茄會怎麼樣呢？這才是我最關心的。」我嘀咕着，不由得揉了揉發疼的腦袋。

很快，我就從自己的飛船外殼上找到了答案。那個倒映在銀色飛船身上的人影，害得我再次驚訝地叫了起來：「那個彩虹怪是誰？」

用腳丫子都能想出來，這個彩虹怪當然就是我，最最著名的、有着「最可怕盜賊」之稱的宇宙大盜西柚了。

沒錯，我的臉變成了五顏六色，這就是吃生番茄的後果。要知道，這張搞笑的彩虹臉太影響我宇宙大盜的兇惡形象了！更倒霉的是，那討厭的巨喵人竟然追到了番茄國。

「嘿，彩虹怪，有沒有看到臭名昭著的宇宙大盜西柚？」巨喵人沖着我高傲地問道：「我可是來抓他的勇士！」

我頓時氣得鬍子都豎了起來，這個傢伙竟然叫我彩虹怪？看他那趾高氣揚的樣子，還真是不自量力！想要抓名聲赫赫的西柚，簡直是異想天開！

不過，這個笨傢伙既然認不出我了，我就來耍耍他吧。於是我胡亂地指了一個方向説道：「宇宙大盜西柚朝那個方向跑了。不過他吃了飛毛腿紅色番茄，會跑得飛快，你追不上的！」

説着，我指了指結滿紅色水晶一樣的番茄樹。

「開什麼玩笑，他吃我就不能吃嗎？」巨喵人順手也摘了一顆生番茄，喀嚓喀嚓幾口吞下肚。接着他想了想，

又摘下一顆，邊吃邊跑：「哈哈，這下我的速度會是你的兩倍，束手就擒吧，西柚！」

看着跑向遠方的巨喵人尾巴已經漸漸變成了彩虹色，我笑得肚子都疼了。

「哼！就這智商，還想抓到我宇宙大盜西柚？你才是開玩笑呢！」

擺脱了巨喵人，我繼續研究起《宇宙旅遊飲食注意事項》。上面説，吃了生番茄的彩虹後遺症會維持三小時。還好時間不長。

為了保住我宇宙大盜的面子，我決定，這三個小時內，暫時不去任何一個國家，以免被任何人看到。

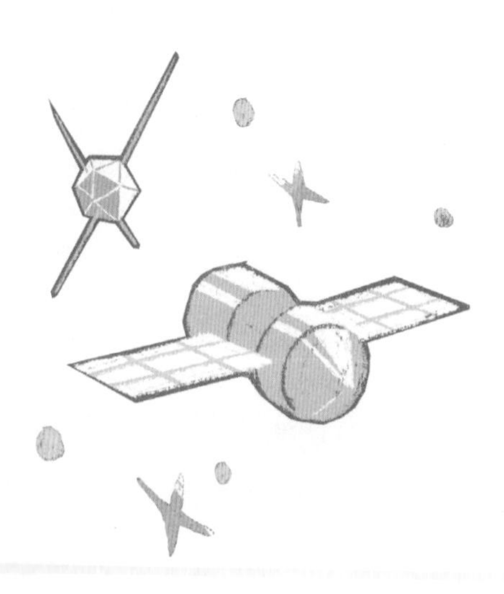

被迫降落土著國

駕駛着「找不着北號」飛船，我，宇宙大盜西柚，繼續着大盜賊之旅。

今天我長得「醜」，不能被別人看到，但去太空中盜幾顆小衞星是沒問題的。要知道，那裏可沒有什麼人。

哪曾想，倒霉事還是如影隨行。

我剛把盜來的幾顆小衞星，用縮小電筒縮小後裝進大盜皮囊，就被宇宙警察飛船上的「西柚專有味道識別器」發現了。

「是宇宙大盜西柚，快抓住他！」警察飛船拉響了警笛，朝我這邊一路狂奔過來。

「倒霉！太倒霉了！」我不滿地念叨着，駕駛着我的「找不着北號」飛快逃跑。

在太空中逃跑需要一定技巧，我不僅要提升速度，還要躲避一顆又一顆的流星和太空垃圾。宇宙警察的本領也不容小覷，他們窮追不捨，竟然把我追到了土著國。

我不喜歡土著國，一是因為土著國的居民一直生活在原始、傳統的狀態中。他們自己耕種，自己製作物品，親手烹飪食物，不接受過於高科技的東西。所以，這樣的國家，對於我這個宇宙大盜來説也沒什麼可盜取的。

當然也有例外，有一次，一個未來國的「老客戶」説，需要一些真正的花種子。

「不是全息投影，沒有智能晶片，也不要虛擬味道。」那個蒙面客戶露在外面的三隻眼中，露出期盼的目光説：「就要那種能在土壤中種出真正花朵的花種子，你明白嗎？」

我當然明白，所以那次我不得不專程跑了一趟土著國去找花種子。

其實我重點要説的是第二個我不喜歡土著國的原因，那就是，這個國家的居民都太有「愛」了。

當我在一個花園裏偷偷摘花並收集花種子時，不巧被一位土著國老爺爺撞見。你知道嗎，他竟然熱情地拿出自己收藏的十幾種花種子，還有一大束鮮花説：「拿去吧孩子，這是我送給你的，不算你盜竊。」

那怎麼行，我可是宇宙大盜！被人送東西簡直太可恥了！雖然我還是收下了，但自從那次以後，我就再也沒光顧過這個國家。

宇宙警察的警笛聲越來越近，看樣子，今天我不得不停靠在這裏了。我歎了口氣，調低飛行高度，平穩地降落在土著國的一個公園裏。

我剛才已經說了，土著國不喜歡過於先進的東西，所以，如果他們的公園裏停着一艘飛船，一定會被圍觀，進而引起宇宙警察的注意，暴露我的行蹤。作為宇宙大盜，我做事是相當謹慎的。所以，這次我用縮小電筒縮小的是「找不着北號」飛船，再把它裝進大盜皮囊。

這下子，我的全部家當就都裝在大盜皮囊裏隨身攜帶了——它們是我的飛船、我盜來的各種「寶貝」，還有這些年我「換」來的所有銀河金幣。

做完這些後，我本想擠進公園裏那些熙熙攘攘的人流中，掩人耳目。哪想到，這裏並不像我想像的那樣熱鬧。

「拜託，這算個什麼公園啊？沒有銀河過山車，沒有失控大擺鐘，沒有外星基地體驗館，甚至連彩虹棒棒糖機都沒有！」我邊走邊看，更讓我鬱悶的是，這裏連遊人都沒有幾個。

倒霉倒霉，只有倒霉的人才會降落到土著國吧。但抱怨也沒用啊，現在最重要的是，我得儘快找個可以躲藏的地方。

終於，我看到了不遠處有一個巨大的彩色帳篷。帳篷外豎着的旗子上寫着：魔術大篷車。

「好原始的娛樂項目。」我嘟囔着，可眼看宇宙警察的飛船要追過來了，我只能一側身，鑽進了那個彩色帳篷裏。頓時，叫好聲像熱浪一樣陣陣襲來。

「再變一個！太精彩了！」

「阿T，下一個節目來個更厲害的！」

我在擁擠的觀眾席裏鑽來鑽去，難怪這個公園看不見幾個遊人，原來人們都擠進這個魔術帳篷裏了啊！

魔術帳篷裏熱鬧非凡，掌聲此起彼伏。在這裏，我聞到了爆米花的香味、冰淇淋的甜味，看到了成千上萬觀眾興奮的面孔和不斷閃動的熒光棒。

因為觀眾太多，我根本看不清楚腳下的地面，只感覺自己被擠在人羣中，跟着他們的挪動忽左忽右、一會兒前一會兒後地移動。我真後悔自己進到這裏了，今天，就算

我不被宇宙警察帶走，大概也要被擠成照片了吧。

我的耳朵裏灌滿了吶喊聲、掌聲、尖叫聲，這聒噪的場面已經害我分不清東南西北了。

「讓我出去，我要出去！」我大叫着！

片刻後，也許是我的叫聲感動了老天，祂真的讓我來到了一塊空曠的地方。

我不敢相信地深吸了一口氣，小聲説着：「終於解脱了！」我的話音剛落，一隻手忽然抓住了我的胳膊。

「完了！」我一驚，心中暗想：「是哪個幸運鬼即將得到那一億銀河金幣的賞金啊……」

但我聽到的不是「你被捕了，西柚！」而是「就請這位第一個衝上台的熱情觀眾幫個忙吧！」

幫忙？什麼意思？我稀里糊塗地循聲望去。

那是一個瘦高男人，他戴着高高的魔術帽，一身紅色的燕尾服分外耀眼，再配上一根水藍色的魔術棒，給人一種神秘莫測的感覺。這人雖然有點瘦削，但五官端正，白淨的膚色宛若釉色均勻的陶瓷。那兩隻炯炯有神的眼睛，透着善意的目光。

「來吧，先生！這可是個驚險刺激的魔術哦！」我端詳他的時候，他也正微笑地看着我：「您確定敢參與嗎？」

我這才意識到，原來自己跑到了舞台上，難怪這裏的人會這麼少。而這個「抓住」我的人，就是今天表演節目的魔術師。

他問我敢不敢參與一個魔術？這不是開玩笑嘛，哪裏有我宇宙大盜西柚不敢的事情！

「沒問題！」我聲音洪亮地回答道。

頓時，一束強光打在我的臉上。與此同時，台下響起了更加熱烈的掌聲和歡呼聲：「好樣的，彩虹先生！」

聽到這個稱呼我忽然後悔了，我一時逞能，竟然忘記自己有一張滑稽面孔了！我下意識地抬起手臂，用手遮住臉，本想解釋說：「這是一場誤會，我沒想來做什麼魔術嘉賓，我還有更重要的事情要做。」

不過，當所有人都用力鼓掌，揮舞手臂，有的甚至激動地站在凳子上喊着「彩虹人！你真棒！」時，我知道自己多慮了，因為自始至終，並沒有人喊出「西柚」這個名字。

「沒想到會因禍得福！」我心裏偷偷想着，這下總算

踏實了。既然不會暴露我的身分，那我就放下遮住臉的雙手，任憑燈光照在我的臉上吧。

「我已經準備好了，魔術師先生。」我輕鬆地說。

魔術師笑着點點頭，拉着我走到了舞台中央，請我站在一個紅色圓點上。確定這個紅點不會放電或者有什麼機關後，我一步邁了過去。

看，這就是我，勇氣十足的宇宙大盜西柚。我挺直腰板，繃直雙腿，站得穩穩的，接受着人們的吶喊聲。

這位魔術師的嘴角上揚，眼神溫柔地説道：「那麼，現在，就讓我們的表演開始吧！」

在一片歡呼聲中，我看到頭頂上有一個黑色的罩子緩慢降落下來。最初，我這顆警惕的盜賊之心還有點忐忑，但當我慢慢置身於黑罩子中，連最後一線光亮都消失後，我頓時放輕鬆了。

被抓走的是你還是我？

「這下好了。」我心中竊喜。要知道，被這個不透光的黑罩子蓋住，就算宇宙警察追進來也看不到我。至於味道識別器，那是安裝在飛碟上的，我敢保證，警察絕不會駕着飛碟衝進來！

沒想到，幫助魔術師變魔術還有這種好處啊！正當我得意地盤算着一會兒表演結束後該怎麼逃脫時，黑色罩子被再次拉了起來。

「哇！」台下所有人都在鼓掌、歡呼、吹口哨。

觀眾的反應令我驚訝，我不明白到底發生了什麼事？這個罩子放下來又升上去的速度太快了，幾乎不到一分鐘的時間。這段時間我並沒感覺自己有什麼變化啊！沒有增大，也沒有縮小，更沒有消失。

但大家卻驚喜地尖叫着：「阿T，你是怎麼做到的？」

「太神奇了！你是怎樣用肉眼看不到的速度和彩虹先生換了位置的？」

換位置？我才沒和魔術師換什麼位置呢！我敢肯定，我還站在台上的這個紅色圓點上，連一步都沒有挪動。不知道這些人眼睛是不是出了問題！

我顧不上細想了，因為我看到幾個宇宙警察已經進來了。他們的眼睛緊盯着台上，正奮力地朝舞台方向擠過來。

燈光明晃晃地照在我的身上，我滿腦子想的都是，儘快找個地方躲起來，我可不想被那些宇宙警察認出來，關進宇宙黑洞監獄裏去。

「魔術師先生，我很高興來做你的嘉賓，不過現在我真的要走……」我的話還沒説完，就被眼前的那個人嚇得倒退了一步。

我看到了誰？那是一個長着彩虹臉、小小的眼睛裏露着兇光、臉上的表情充滿殺氣、下巴上長滿刺蝟鬍鬚、頭髮還一根根直立着的傢伙。

這不就是我嗎？宇宙大盜西柚！我當然認識我，可怎麼會有兩個我？

「一眨眼的工夫，你就變成了我的樣子？」我驚訝地低呼了一聲，「了不起，果然了不起。」

「你猜錯了。」我對面的「西柚」笑得比哭還難看，而且他臉上的顏色正在一點點褪色。這個假冒西柚遞給我一面鏡子，小聲說道：「先生，請看一看你的樣子吧。」

我不知道他的葫蘆裏賣的是什麼藥，但我還是警惕地接過鏡子。

其實照不照鏡子又有什麼區別呢？我知道他絕對不可能是我，因為我笑起來沒那麼難看，我的笑容可是標準的「奸笑」、「壞笑」、「笑裏藏刀」！

我斜着眼睛瞄了一眼鏡子，頓時像被宇宙雷劈中了似的，愣住了！

你們猜我看到了什麼？鏡子裏竟然是那個穿紅色燕尾服，拿着水藍色魔術棒的魔術師！

「我明白了，你的魔術根本就不是簡單的換位置！而是……」我壓低聲音說：「你變成了我，我變成了你，我們兩個互換了身體？」

我對面的「西柚」也壓低聲音回答：「沒錯，不愧是宇宙大盜西柚！現在，魔術師阿T變成了宇宙大盜西柚，而宇宙大盜西柚變成了魔術師阿T。」

「你認識我？」我驚訝地後退了三步。

「不僅認出來了，我還……」這位魔術師變成的「西柚」還沒把話説完，一大羣宇宙警察已經「呼啦」一下衝上了舞台，把我們團團圍住。

「西柚，這次你逃不掉了！」他們歇斯底里地叫囂着。

我冷哼一聲，心想：「想要抓到我，沒那麼簡單！」

正當我準備施展自己宇宙無敵的逃跑技能時，那些警察竟然把我撞到了一邊。他們一擁而上，衝向了變成我的魔術師。有的抓胳膊，有的掰手腕，可憐的魔術師阿T瞬間被一大羣宇宙警察舉了起來。

「彩虹先生竟然是西柚？」

「不可能吧，他怎麼長了這麼一張搞笑的臉？」台下的觀眾們議論紛紛。

我還沒反應過來呢，宇宙警察們已經丟下愣在舞台上的我，得意揚揚地舉着那個假「西柚」朝台下走去，他臉上的顏色現在已經完全褪去，恢復成「我」原來的樣子了。

領頭的警察得意地邊走邊説：「其實我們根本不是想要什麼賞金，我們只是在為民除害！」

此時此刻，我終於明白發生了什麼。但我不知道是該趁機溜掉，還是該站在舞台上一動不動。

看着那羣分不清「真假大盜」的笨警察，和那個倒霉鬼魔術師越走越遠，你知道我當時心裏是怎麼想的嗎？我想的是，這個魔術還真是……刺激啊！

觀眾們鼓起掌來，整齊地給警察們讓出了一條路。

「這下好了，我家的寵物狗不會被盜了！」

「對啊，我家的烤麪包機也不用藏在櫃子裏了。」

各種聲音差點激怒了我，這些土著國的人簡直要氣死我了！拜託，我是那種偷雞摸狗的小毛賊嗎？我可是宇宙大盜，怎麼會偷這些雞毛蒜皮的東西！所以我早說了，土著國就不是宇宙大盜應該光臨的地方，這裏的人們太落後，太……

我正氣得直跺腳，幾束追光燈重新打在了我的臉上，刺得我幾乎睜不開眼睛。

「阿T你太厲害了，不僅魔術變得好，還能抓住宇宙大盜！」

「你是全宇宙的英雄！」

冒牌宇宙大盜被警察帶出魔術帳篷後，台下所有人都站了起來。他們拚命歡呼，臉上布滿了興奮的紅光。

一時間，我有點分不清自己到底是誰了。我的怒氣很快變成了亢奮的情緒，而且，我竟然還感到熱血沸騰，好像這些掌聲全都是送給我的！

看來，不管我是魔術師阿T，還是宇宙大盜西柚，我需要的只是掌聲！

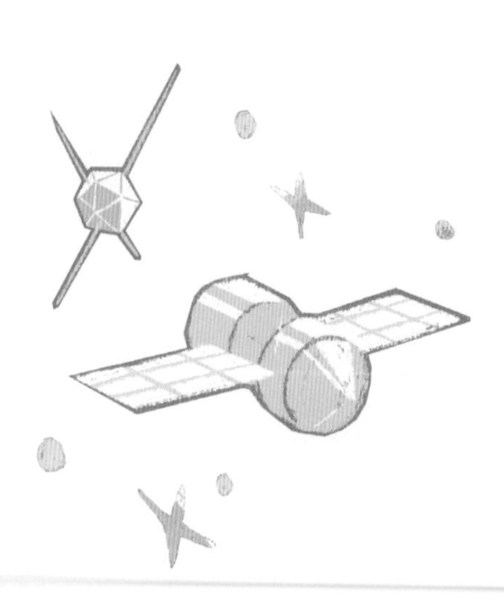

真正的魔術

所以我說，發生在我身上的這件事實在過於奇妙。如果放在別人身上，丟失了自己的相貌，可能早就驚慌失措了！但我不同，我可是身經百戰的宇宙大盜西柚！

此時的我不僅表現得很自然，而且完全是一副沉浸於歡呼聲中不能自拔的樣子。直到一個金色頭髮的年輕人從後台的布幕裏走出來，在我的耳邊說了一句話：「阿T，再表演一個吧，今天的觀眾實在是太熱情了。」我知道他肯定是把我當成魔術師了。

我點點頭，拿下高高的魔術師禮帽搧了搧風，沉思了幾秒鐘，想着接下來自己該做什麼？

其實我想告訴大家我不是魔術師，也不會變什麼魔術，我是著名的宇宙大盜西柚，比那個阿T有名氣多了。但我沒說出口，因為另一個「我」剛剛才被宇宙警察抓走，這個時候如果說出自己才是真正的西柚，不就等於說我想去宇宙監獄裏做客嗎？

我才不會那麼傻呢！而且，現在我的耳朵已經離不開這一波又一波潮水般的掌聲了。我陶醉其中，好像喝多了櫻桃酒一樣。於是我整了整衣領，重新戴正了帽子，慢慢走回舞台中央。

這下我不怕什麼燈光，更不怕暴露在眾人面前了，因為我有了魔術師阿T的面孔。於是，我享受着這份本來不該屬我的榮譽。

「請安靜！」我伸出雙手向下一壓，現場一下子安靜下來。

這些土著國的本土觀眾靜靜地看着我，眼神裏充滿了期待，交頭接耳地議論着：「阿T接下來要表演什麼？會不會是全新的魔術？」

「那當然了，阿T總能給我們帶來驚喜。」

「我想他接下來的魔術，一定會比瞬間移位更精彩！」

我被觀眾的熱情感染了，竟然決定繼續演出下去！

説實在的，表演我並不擅長，我從沒有站在刺眼的燈光下表演的經驗。要知道，我的「工作」向來都是在夜深人靜的時候進行的。只有整個宇宙被夜色包圍，幾乎所有人都躺在牀上，進入「築夢國」旅行的時候，我的表演才會開始。

但此時，我要做到的是在耀眼的燈光下，在台下眾多熱情觀眾的目光中表演魔術，這可是比讓我去偷斯巴達克國的火龍珠更困難的挑戰。

什麼，你覺得我會退縮？開什麼玩笑！就算我現在有着魔術師的外表，但我骨子裏永遠都是宇宙大盜西柚！這點困難才難不倒我呢。

想到這裏，我故弄玄虛地微微閉起眼睛，輕輕揮舞了一下手中的魔術棒。其實這都是障眼法，我是為了放空自己的腦袋，讓腦袋有地方像龍捲風一樣瘋狂旋轉，這樣才能儘快「編造」出一個看不出破綻的魔術來。

但觀眾們不知道我的底細啊，他們以為這是我變魔術的前奏。大家都屏住呼吸，瞪大眼睛，靜靜等待着一起見證奇跡的時刻。

作為一個專業的盜賊，我唯一能熟練操作的就是我的盜竊工具……

有了！我猛地睜開眼睛，看向舞台地面。還好，魔術師阿T被抓走時並沒有帶走我的大盜皮囊，我的全部家當都安全地留在舞台上。

「全新的魔術即將開始，請大家準備好眼睛！」我用這個陌生的聲音説着，從地上的大盜皮囊裏拿出了一顆被縮小的衞星，然後故作神秘地問道：「請問，這是什麼？」

「網球！」觀眾們一起回答。

我翻了一個白眼，土著國的居民還真是孤陋寡聞啊。不過，你們説是網球，那就是網球，反正這裏的人都沒見過縮小的衞星。

我點點頭，用拇指和食指捏住這顆「網球」説：「好，現在，我就可以讓這顆網球飛起來，像蜂鳥一樣輕盈地圍着我飛，而且還會變色！你們相信嗎？」

「相信！」台下的觀眾不停地歡呼着。

沒想到這個魔術師阿T的影響力這麼大。要知道，對於自給自足，沒有什麼高科技產品的土著國居民來説，這麼離譜的事情他們也相信。這足以證明，阿T曾帶給他們不少神奇表演。

但是再神奇的魔術，都比不上我西柚的創意！

我在眾目睽睽下輕輕地鬆開了手，手中的小衞星慢慢飛了起來。它從舞台上方飛到觀眾們的頭頂上，繞着魔術帳篷的頂棚不緊不慢，不慌不忙，優雅地飛舞着。而且，它還變得越來越紅、越來越紅，把整個魔術大廳都映照成了紅色。

「哇！太神奇了！沒有翅膀的網球也能飛！」

「快看，快看，它變紅了！」觀眾們都不由自主地驚歎起來。

我微微一笑，心想：「大驚小怪，這本來就是紅豆衞星，現在只是恢復了它本身的顏色，在失重狀態下自然飄浮而已。」

要說起衞星，我敢肯定，沒有誰比我更懂！我研究過宇宙中所有的小衞星。不管是磁場極強的吞噬星，還是布滿寶石的閃亮星；不論是安裝了反盜竊武器的間諜星，還是軟塌塌的膠泥星……只要有人開價，我就能把它盜來。

當然，盜竊衞星可不是那麼簡單的。為了成功地得到它們，我要花好幾天，甚至一個月時間學習和了解它們各自的習性特點，這樣才能做到下手時萬無一失。

現在你明白了吧，為什麼我能成為「宇宙大盜通緝令」裏賞金最高的宇宙大盜。因為我堅持不斷學習，努力進步，才換來了這樣的「首席」！

此時此刻，控制一顆小衞星，對於我來説簡直是小菜一碟。我故弄玄虛地大喊一聲：「接下來還有更精彩的，請看小網球的新本領——衞星環繞！」

説這話的時候，我飛快地把衞星磁力條貼在魔術帽上，有了這個磁力條，小衞星就會乖乖地圍繞着我的頭旋轉。這個原理其實很簡單，衞星雖然被縮小了，但我並沒有破壞它本身的功能，它仍舊可以按照原有軌道繼續旋轉。

飛在觀眾席上空的紅豆衞星開始向我靠攏，慢慢進入軌道，開始圍着我的腦袋——哦！不不不，是圍繞着我頭上的衞星磁力條不停旋轉起來。

「睜大你們的眼睛，我的手沒有觸碰它，也沒有木偶的牽引繩，我沒有吹氣，更沒有助手幫忙！」在一束束聚光燈交織的台上，作為魔術師阿T的我，伸開空空如也的雙手展示着，説：「但是，你們看到了，這小小的紅色網球像活了一樣。它會追隨我，圍繞我飛行，像一顆忠實的衞星！」

我邊説邊自如地在舞台上來回走動、跳躍、下蹲，甚至奔跑。但不管我到哪裏，那閃耀着紅色光芒的小衞星都會緊緊追隨着我，始終圍繞我的帽子轉啊轉，盡職盡責。

「太精彩了！果然像衞星環繞行星一樣！」

「阿T！我們愛你！愛你的神奇魔術！」

觀眾們的掌聲達到了巔峯。我也激動得頭暈乎乎的。這種被崇拜的感覺好像比做宇宙大盜要好一點點啊。

正當我得意洋洋地準備再拿出一顆刺蝟衞星繼續展示的時候，金髮年輕人又走了出來，在我耳邊小聲説着：「阿T，時間到了，再表演下去，觀眾的新鮮感就沒有了。」

我生氣地丟給他一個白眼，要知道，我剛剛才有了一點成就感，就被他破壞掉了。不過我還是聽從了他的建議，因為我知道，每一行都有每一行的規矩，我宇宙大盜西柚可不是一個喜歡破壞規矩的人。

我承認，我是宇宙大盜

當我宣布今天的演出即將結束的時候，台下傳來了戀戀不捨的聲音。

「這就要走了嗎？阿T，請在我的額頭上簽個名吧！」

「請讓我握一下您神奇的雙手吧！」

「請給我變一隻會説話的鸚鵡吧！」

觀眾們實在是太熱情了，雖然我還有些意猶未盡，但是演出已經結束。我護着腦袋——因為有些人會把鮮花、禮物扔過來——好像一隻被追逐的地鼠一樣，在工作人員的保護下躲開瘋狂的粉絲，從後台一路小跑，徑直跑出了魔術帳篷。

逃跑我比較拿手，要知道，此前我經常要躲避宇宙警察和正義戰士們的圍追堵截。那個金色頭髮的年輕人一定是魔術師阿T的貼身助手，出了帳篷後他熟練地把我

「塞」進一輛汽車，自己坐到了司機的位置。

終於「安全」了。隔着車窗，我向熱情的觀眾們揮着手，臉上保持着名人的微笑。

「阿T，合影一張再走吧。」

「阿T，你的下一場演出是什麼時候？我要提前去買票！」

車窗被敲得「咚咚」直響！雖然我看上去很平靜，其實我的心一直在「咚咚」亂跳，像塞滿跳豆一樣。

你可能不知道，作為一個習慣獨自行動的宇宙大盜，通常我都是躲在黑暗的角落裏，等着太陽落下，才形單影隻地走上街頭。忽然間被這麼多人圍着，這可不是一件讓人舒服的事。

我們的車子緩緩行駛，終於一點點地擺脱了瘋狂的崇拜者們。我鬆了口氣，靠在了椅背上。

「一會兒是去秘密屋還是去婆婆園？」金髮年輕人，也就是魔術師的助手，邊開車邊詢問。

我沒有回答他的問題，而是讓自己先冷靜了一下。經過一番激烈的思考後，我問道：「那個……你叫什麼名字來着？」

金髮年輕人笑着說：「阿T您開什麼玩笑，我的名字還是您取的呢。記得嗎？我那時強烈要求換個名字，因為小鬼這個名字一點都不厲害！」

「那好，小鬼。」我舒出了一口氣，繼續說：「我承認，我是宇宙大盜西柚。」

我已經想好了，我是一個盜賊，不是一個騙子，職業道德告訴我，不應該欺騙別人。

這個叫作小鬼的魔術師助手愣了一秒鐘，忽然哈哈大笑起來：「您這個想法真不錯，這句台詞設計得也很好。」

「我真的是宇宙大盜西柚，我和阿T換了身體！」我繼續解釋說。

「好的好的，下次我會準備一套宇宙大盜西柚的演出服，那樣『衛星環繞』這個新魔術一定會更精彩！」小鬼也笑着繼續說道。

什麼嘛，我們兩個說的話根本就不在一個思路上。

我歎了一口氣，知道再怎麼解釋也沒有人相信了，誰讓我現在長着魔術師阿T的面孔呢！想證明我的身分，唯一的辦法就是找到真正的魔術師阿T，讓他把我變回來。

要知道，這乾淨的下巴、一説話就揚起的嘴角，還有那隨時能將人心暖化的眼神簡直太……太善良了！我可不想「戴」着這副面孔去各個國家盜竊，這有失我宇宙大盜的威嚴！所以，我必須儘快找到他才行。

想到這裏，我換了一個角度説道：「好吧，小鬼，我的意思其實是説，去哪裏能找到西柚？」

小鬼皺了皺眉頭：「為什麼要找西柚呢？他可是宇宙大盜！您剛剛才幫助宇宙警察抓到他！」

我瞇起眼睛，強調説：「是著名的宇宙大盜西柚。」

小鬼疑惑地回頭看了我一眼，我只能繼續找藉口説：「我要為我偉大的新魔術尋找更多靈感。你知道的，西柚可是盜竊衛星的高手。」

「這樣啊。他應該還沒有被關進宇宙黑洞監獄，我幫您去打聽。」小鬼似懂非懂地點點頭，又問了我一遍剛才的問題：「那麼，您一會兒是去秘密屋，還是去婆婆園？」

作為一個專業的盜賊，我覺得「秘密屋」這個地方聽起來應該更適合我。

「那就去秘密屋吧。」

「沒問題！回家嘍！」小鬼説着，踩了一下油門。我們這輛汽車的行駛速度應該比宇宙蝸牛快一點點。

雖説土著國的這種土著汽車，行駛速度比飛船差上十萬八千里，但正因為它走得慢，我竟然在行駛的過程中，看清了外面的風景！要知道，平時就算是我那艘老式的「找不着北號」飛船，一旦飛行起來，窗外也只有一道道光斑劃過。

能一邊行駛一邊看風景，這可真是一件愜意的事情啊。真沒想到，在所有國家中，這個不聲不響、不進步不落後也不驚豔的土著國，細細看來，竟然這麼美。我倚在椅背上，看着窗外的景色緩緩劃過，感覺全身都放鬆了。

它和其他國家最不同的就是，這裏有可以自由呼吸的新鮮空氣，有真正的植物、藍色的湖水和數不清的小動物。此時車外飄着晶瑩的藍色雨滴，整個國家都包裹在一片藍色水霧中，有如仙境一般。

以前我可從沒有時間去看什麼景色，要知道，我們宇宙大盜的一生，注定是要在奔跑中度過的。盜竊東西的時候手法要快，被人發現的時候逃跑要快，被宇宙警察和正義英雄沒日沒夜追趕的時候，更要快上加快！

想到這裏我搖了搖頭，不自覺地嘟囔起來：「看風景，簡直是奢望啊……」

「沒錯，今天的天氣確實不太晴朗。」小鬼沒頭沒腦地接了一句。

我不想説什麼，只想靜靜地感受這難得的悠閒。我們的車子穿過大街小巷，直到雨停了，才停在了一棟別致的小木屋前。

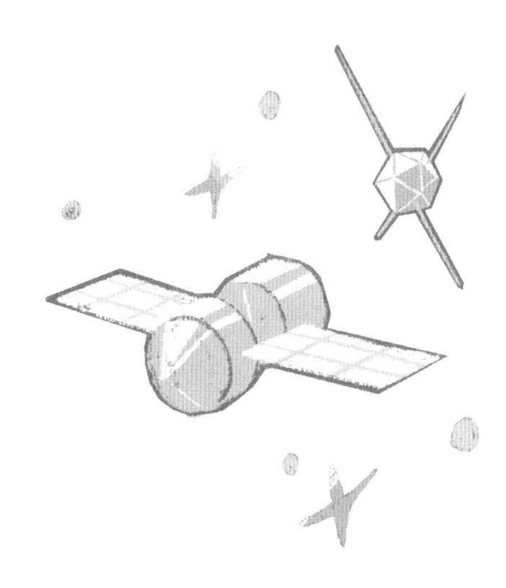

秘密屋

這棟木屋坐落在一大片森林中間，木屋周圍長滿了被修剪得整整齊齊的野花野草。木屋不遠處的大樹上，架着好多高矮寬窄各不相同的鞦韆。我看到一隻鳥落到搖晃的鞦韆上，接着更多吱吱喳喳的鳥兒飛了過來。

木屋左右矗立着兩棵比三個我綁在一起還粗的、高聳入雲的大樹，我從車窗探出頭望過去。

「這就是秘密屋？看不出有什麼神秘的嘛！不過這兩棵樹不錯。」我心花怒放地想着：「這可是我見過的最高大的樹了，如果盜走的話，説不定能賣個好價錢。」

我正暢想着，小鬼的聲音嚇了我一跳，「阿 T，我們該下車了。」

「好的。」我連忙答應，打開了車門。

沒想到，毫無防備的我剛一下車就被裏三層外三層地圍住了！毫不誇張地説，幾乎就是被五花大綁！

一個橡皮糖國的人邊跑邊伸長手臂，離着老遠就挎住了我的胳膊。兩個汪洋國的章魚也你爭我搶地盤上了我的脖子，那一瞬間，我感覺自己差點就要窒息了。

這是什麼情況？難道我被這個金色頭髮的小鬼出賣了？難道這次真的被捕了？不，不可以！我還沒找到魔術師阿T換回我的身體呢，我可不能就這樣稀里糊塗地被抓走。當我的腦子快速運轉，想找到一種可行的逃跑方法時，我聽到的是……

「爸爸，是阿T爸爸回來了！」

接着，又有幾個像燈泡一樣發光的小女生跑過來，爭先恐後地親吻着我的臉和額頭，開心地說着：「阿T爸爸，你今天怎麼回來晚了？我們都等你好久了。」

我還沒有回答，更多的藍色水球國人跑過來抱緊了我，害得我渾身上下都濕漉漉的了。

對了，還有一個和棕櫚樹一樣高的巨人，他「咚咚咚」地跑過來，讓人感覺整個大地都在顫抖。不過，這個巨人的個子雖然高，但五官卻像個孩子。他靠近我後，彎下腰用鼻子親暱地蹭了蹭我的頭髮，也喊着：「爸爸。」

「爸爸，爸爸……」一時間，各個國家的語言在我耳邊環繞，我感覺自己的頭都要炸開了。還好我是宇宙大盜，我遊歷過所有國家，也能聽懂各個國家的語言。

等我稍微平靜下來以後，終於看清楚了，眼前這些稀奇古怪的人，其實都是各個國家不同種族的孩子。就連那個「巨人」，也是大大國的小孩子。從他的身高和樣貌來判斷，這個小孩子最多只有四歲。不過這個四歲寶寶發出的聲音，可真是震耳欲聾啊！

天啊，這麼多小孩，聒噪的小孩、吵鬧的小孩、讓人發瘋的小孩！

我説過我不喜歡小孩子吧？要知道，小孩子會把果醬抹到牆上、會把家務機器人拆開看裏面的結構、會滿地打滾哭鬧個不停！我才不要跟他們在一起，也許我會忍不住把他們一個個踢到外太空去。

不過，我現在會暫時強壓着自己的大盜本性。在沒有找到魔術師阿T、沒有換回我宇宙大盜西柚的身體之前，

我還不想暴露身分。

讓心情平靜再平靜後，我不那麼煩躁了，讓頭腦保持清醒，才能分析接下來的問題。這時候我才意識到，為什麼各個國家的小孩都叫魔術師阿T「爸爸」？他怎麼會有這麼多小孩？而且是各個種族的孩子呢？

「難道外表光鮮的魔術師，真實身分是一個販賣人口的傢伙？」我鬱悶地想着：「我不會從一個壞人變成了另一個壞人吧？不不不，相比之下，宇宙大盜的稱呼可比宇宙人販子強多了。」

我揮舞着手臂，盡量溫柔地説着：「孩子們別這樣，快點放開我好不好？」可惜我的聲音淹沒在這些孩子的叫喊聲中，我被徹底纏住了。那個巨人小孩還用鼻子蹭了蹭我，差點把我推倒翻了個筋斗。

「阿T爸爸，寶寶要禮物！」他用洪鐘般的聲音説。

這句話提醒了我。怎麼才能儘快擺脱這些難纏的小孩呢？沒錯，最有效的方法就是，用他們感興趣的東西，吸引他們的注意力。我知道，小孩子是最容易被玩具吸引了。

於是我強裝笑顏，大聲説道：「都別吵，聽我説，我當然帶來了你們想要的禮物。」接着我費力地抽出一隻胳膊，從隨身攜帶的大盜皮囊裏拿出了幾顆以前剩下的圓滾滾的可愛熊貓蛋。

「給，新玩具，拿去玩吧！」説着，我把熊貓蛋骨碌碌地拋出好遠。

第一次看到有着黑白斑點的熊貓蛋，這些孩子愣住了。我想他們一定超級開心，以至於都不敢相信自己的眼睛。要知道，這種熊貓蛋拿到黑市，至少可以賣上三百金幣！

我猜他們馬上就會衝過去搶熊貓蛋，也許還會因此打架呢！哈哈，我正好趁機溜走。

可惜我的如意算盤打錯了，我沒聽到驚喜的歡呼聲，也沒有人衝過去爭奪這麼「貴重」的玩具，我只感覺天上開始「打雷下雨」了。

「打雷下雨」的是那個大大國的巨人寶寶，此時他正咧着大嘴，傷心地痛哭着：「要食物，寶寶好餓！」

原來是餓了？我根本沒有想到，這些看起來健康活潑的孩子，竟然在餓肚子？

「不急不急，餓了也好辦！」我連忙又從大盜皮囊裏拿出一個足有我頭那麼大的火腿，遞給巨人寶寶。那本來是我明天的午餐。

巨人寶寶馬上雨過天晴了，開心地接過去輕輕一舔，火腿就消失了。我的眼睛頓時瞪得像水牛眼一樣大。

雖說我遊歷過各個國家，大大國也光顧過不止一次了，但我還從來沒見過一個大大國的小寶寶這樣狼吞虎嚥吃東西的。看樣子他真是餓壞了。

巨人寶寶拍拍肚子，說：「爸爸，我吃飽了，你給哥哥姐姐們拿吃的吧！」話音剛落，我就聽到他肚子裏傳來一陣咕嚕嚕的聲音。

別想騙我了，這點食物對於巨人來說，就像普通人吃了一顆花生米，這我知道。這個小傢伙不可能吃飽。他之所以「撒謊」一定是想讓我把更多食物留給其他孩子。

「小傢伙，你年紀不大，還懂得謙讓啊！」我摸了摸他伸給我的手指，竟然發現自己不那麼討厭他了。

哦！不，我怎麼能這樣想呢？我的盜賊師父早就說過，小孩子是對宇宙大盜危害最大的生物！

不信你們看，現在纏着我的這些小孩，雖然形態不同，但都有着閃光的純淨眼睛，全身上下還散發着柔弱的温暖氣息！

要知道，這對於宇宙大盜來説傷害很大！和他們在一起的後果是：我的心會變得越來越柔軟，做事猶豫不果斷，會有同情別人的念頭冒出來……更糟糕的是，我的迷霧槍裏，以後也許裝的不再是昏迷粉，而是橘子汁；我的大盜皮囊裏也沒有了盜竊工具，裏面塞滿的是彩虹棒棒糖！

天啊天啊，不可以這樣！我可是赫赫有名的宇宙大盜西柚！

孩子們的「歌唱」

如果我知道這個叫作「秘密屋」的地方對我的「傷害」 會如此之大，説什麼我都不會來的！但現在已經來了，我只能努力掙脱這些孩子的手臂，敷衍他們説：「食物？好好好，我這就去買！」説完我回頭看了一眼魔術師的助手，「小鬼，我們這就出發吧。」

我本來是想儘快逃離這個會讓我變得不再「狠毒」的地方，可小鬼卻擺出一副為難的樣子，攤開雙手説：「抱歉阿T，由於這次演出出現意外插曲，沒來得及收門票，目前我們的金幣大概還不夠給一個孩子買食物。」

這下我着急了。魔術表演沒有掙到金幣，難道要用我的金幣嗎？拜託，雖然我是阿T的面貌，但口袋裏的金幣可是我西柚的！

不僅我急，大大國的巨人寶寶也急了！他懊悔地揉着肚皮説：「早知道我就不吃那個火腿了，留給哥哥姐姐，夠他們吃一天呢！」

不過，巨人寶寶的話音剛落，其他孩子卻爭先恐後地嚷了起來：「我們才不餓呢。」

「就是，我很強壯，我的空肚子還可以堅持十天！」

「對對，我昨天已經吃過早飯了。」

這些話一句句鑽進我的耳朵裏後，我忽然像被什麼擊中了一樣，感覺心臟的位置有點疼，鼻子和眼睛也酸酸的……

不好，一定是辣椒煙幕彈！宇宙警察發現我了！我嚇得跳了起來，本能地就地臥倒，毫無準備的孩子們都從我的身上劈里啪啦地掉了下去。

我就這樣趴在地上用手抱着頭，隨時準備迎接宇宙警察的拳頭。可是，一秒鐘過去了，二十秒鐘過去了，一分鐘過去了，我看到的只有形狀各異的腳丫在我眼前驚慌失措地跑來跑去，還有哭泣的聲音。

「不得了，阿T爸爸暈倒了！」

「快去找醫生！嗚嗚嗚……」

連那個金髮小鬼都擔心地彎下腰問道：「發生了什麼事情？阿T，您要不要緊？」

我微微抬起頭，沒有什麼警察，天空中也沒有盤旋着的警用飛碟和刺耳的警笛聲。看來是我多慮了。

「我沒事。」我連忙尷尬地爬了起來，為了消除他們的過度驚慌，我盤腿坐在地上，強裝笑顏地說：「孩子們，我在跟你們開玩笑呢！」

怪了，難道不是宇宙警察的辣椒煙幕彈？那我的心為什麼會疼？鼻子和眼睛為什麼會莫名其妙地發酸？還有，我奇怪地用手擦了擦眼睛，竟然在手背上看到了一行透明液體。

「天啊！我竟然流眼淚了？」我忍不住脫口而出。小鬼過來扶起我，拍拍我的肩膀說：「阿T，我們都知道您為了我們很努力，很堅強，但沒有掙到那麼多金幣也沒關係，您不要太內疚，真的。」

開玩笑，我可是宇宙大盜西柚，我的字典裏就沒有「內疚」這個詞。

記得上個月我還盜取了北風國的一台發電風車，害得北風國全國大停電，一時間混亂不堪。當我從廣播裏聽到這個消息的時候，我只是用鼻子哼了一聲，連半點內疚之情都沒有。

所以我敢保證，我流眼淚，一定是因為「魔術師阿T」沒有掙到足夠的金幣，這是「他」的事，跟我無關。

這時，一個來自火球國的紫色小人兒用力一彈，跳進我的懷裏，在我心窩的位置蹭來蹭去。

「阿T爸爸，你不舒服嗎？」紫色的小人兒從我的懷裏探出頭，眨着眼睛，擔心地問。這小傢伙身上熱熱的，一股暖意頓時傳遍了我的全身，傳到了我的心裏，我的心臟不那麼疼了。

接着，孩子們也七嘴八舌地問道：

「阿T爸爸，你好點了嗎？是不是變魔術太累了？」

「阿T爸爸，我收回昨天説的想要吃餡餅的話，你快去休息吧。」

這一句句問候的聲音充滿了關切和自責，儘管我解釋了無數遍「我沒生病」，但他們還是前呼後擁地把我推到鞦韆上坐下來，有的幫我捏肩膀，有的給我捶大腿，像照顧病人一樣。

一個汪洋國的大眼睛章魚小姑娘還拿來一杯草莓汁，遞到我的嘴邊説：「爸爸快喝，這是我們用自己摘的野草莓榨的汁！」

「謝謝啊。」我剛接過杯子，就聽到她的肚子裏也傳來咕嚕嚕的聲音。

章魚小孩的臉瞬間紅得像個小火球，她不好意思地捂着自己的肚子説：「爸爸，我不餓，我是在唱歌。」接着我聽到了周圍傳來更多咕嚕嚕的「歌聲」。

我的眼眶又一次濕潤了，這次我敢肯定，絕對不是因為宇宙警察常用的辣椒煙幕彈。

幾口喝光酸酸甜甜的草莓汁後，我暗下決心：「宇宙大盜西柚可不能隨便受人恩惠，我要為他們做點什麼！」

「嘿！小鬼，你可以幫我把那個大皮囊拿來嗎？」我被孩子們拉住走不開，只能轉過頭朝小鬼擠了擠眼睛。

「就是那個黑乎乎的袋子？」小鬼用手比畫着。

我皺着眉點點頭。這個小鬼，竟然把我宇宙大盜西柚最忠實的伙伴稱為「黑乎乎的袋子」！

小鬼從旁邊的地上拿過皮囊遞給我，又加了一句：「阿T，您從哪裏撿了這個袋子啊，我都不知道。」

「撿？開什麼玩笑！你當然不知道，這可是寶貝！」我接過大盜皮囊，翻了他一個白眼。

要知道，這個皮囊裏不僅裝着我最近盜來的各種好東西，還有我當宇宙大盜以來賺到的全部銀河金幣。因為我的盜賊師父曾經説過：「在整個宇宙中，你什麼人都不要相信。能相信的只有自己！」所以，我只有把這些金幣隨身攜帶才放心。

你問我冒着危險盜竊東西，換這麼多金幣到底要買什麼？這個問題還真複雜啊！説真的，我從沒想過要買點什麼，我只是覺得，手裏拿着裝滿金幣的皮囊，才會讓我有安全感。

此時，我從大盜皮囊裏拿出了五個銀河金幣、二十個銀河金幣……大把大把的銀河金幣！

「誰説我沒有金幣？」我得意地舉着金幣炫耀着，我想到我要用它們來買什麼了，「孩子們，今天我請你們吃大餐。」

「真的嗎？是多大的大餐？」

「太棒了！阿T爸爸萬歲！」

還有比金幣更重要的

我是宇宙大盜西柚，響噹噹的西柚。雖然我現在長着一副魔術師的面孔，但請相信，我仍舊擁有一顆大盜的心、堅韌的意志和大把的金幣！

不過你可別以為我金幣多得花不了，才想着要做好事的。我的大智慧告訴我，在找回魔術師阿T之前，在我和他換回身分之前，阿T的「相貌」是最佳的隱藏手段。

不過我宇宙大盜西柚可不是慈善家，要幫助別人，至少要了解他們的底細。這個很簡單，作為一個職業盜賊，竊取有價值的「信息」是我的基本功。

在孩子們的歡呼聲中，我和小鬼重新坐上汽車，直奔食品街。

路上，我故意有一搭沒一搭地和開車的小鬼聊起了天。從天氣到魔術帳篷，從秘密屋的衛生到孩子們昨晚吃了什麼。很快我就弄清楚了，原來這些小孩子都是魔術師阿T從各個國家收養來的，他們是流浪兒、孤兒，或者被遺棄的小孩。這些令人意外的信息，一下子把我拉回了童年的記憶。

記得我小時候，很長一段時間都在流浪，也就是大家口中說的「宇宙流浪兒」。我擁有一艘破飛船，但我不記得自己來自哪個國家，爸爸媽媽長什麼樣子，更不知道他們去了哪裏。

那時候的我每天都在餓肚子，但我從不哭鼻子。我敢和流浪狗打架，從牠們口中搶包子，也敢和巨人流浪漢爭奪免費的北風蛋糕。但我還是吃不飽，肚子每天都咕嚕嚕地叫。

直到有一天，一個宇宙盜賊來到我身邊，粗魯地吼着：「嘿，小孩，叫我師父，否則我打扁你的鼻子！跟我學本領，我就給你食物！」

於是，我就開始跟着他學習「盜竊」的本領。我師父雖然脾氣暴躁，但他說話算話，從那以後，我真的可以吃飽肚子了。

也許正是有過餓肚了的記憶，面對眼前這些肚子同樣在「唱歌」的小孩，我才會感到難過。為他們難過，也在

10000

為自己難過。

「還好有您在，我們才不會餓肚子。更重要的是，我們大家在一起生活，學會了謙讓，懂得了感恩。」此時，認真開車的小鬼語氣中透露着感激：「阿T，如果不是您，我們現在可能已經成為大大小小的宇宙盜賊了。」

我根本沒在乎這個對我職業貶低的語句，更讓我驚奇的是，這個年輕人的身分。

「你也是流浪兒？」我忍不住脫口而出。

小鬼哈哈大笑起來：「阿T，您忘記我是你從黃金國撿回來的第一個『孩子』了嗎？看來您最近是有點辛苦了。」

我臉一紅，連忙找藉口掩飾自己的口誤：「不不不，我的意思是，你雖然是流浪兒，但你做得很好，這離不開你自己的努力。」

小鬼點點頭：「嗯，我很榮幸能成為您的助手，阿T。更重要的是，我還可以和您一起照顧更多的弟弟妹妹。」

我的心揪了一下，我好像很久沒有這種感覺了。

窗外的風景，像一幅動態的畫面緩緩劃過，我已經把這個魔術師阿T的情況了解個七七八八，對他的敬佩也隨着進一步的了解油然而生。我甚至覺得有點內疚，這麼好的一個人，真不該變成「宇宙大盜西柚」被抓走啊……

停！我在想什麼？內疚？我剛剛還說「內疚」這個詞不屬於我！我用力拍了一下自己的腦袋，心裏想着：「趕快忘記這個詞！這不應該是一個心狠手辣的宇宙大盜的想法！」

我的舉動讓前排開車的小鬼有點擔心，他放慢了一點速度，安慰我說：「阿T，拍打可治療不了頭疼，您為孩子們辛苦攢了這麼多金幣，該休息幾天了。」

「好的，我不會再拍打自己聰明的腦袋了。」我尷尬地笑了笑。

說話間，土著國最長的一條食品街到了。

第一次來到土著國的食品街，這裏的食物品種多得簡直令人驚訝！我已經很久沒見過活蹦亂跳的鮮魚、軟嫩的桂花糕，還有裹着葉子的老粟米了。它們像一個個有魔力的精靈，不動聲色地招呼着：「來啊，把我帶回家吃掉吧，這是我的榮幸！」

看着這些琳琅滿目的食品，我竟然不自覺地拍起手來：「太好了，我已經等不及要為孩子們挑選最好吃的食物了！」

「阿T，今天還是買青菜和白蘿蔔嗎？」一個長着滿臉大鬍子的人招呼我。

「好啊！」我禮貌地一揮魔術帽，説：「不過光吃青菜蘿蔔沒營養，我還需要火腿和雞蛋。」

大鬍子哈哈大笑：「看來你今天表演的魔術很成功，掙到了不少金幣！」

「那當然了，阿T今天表演的新魔術可是贏得了全場尖叫呢！」小鬼自豪地説道。

賣菜的大鬍子豎起拇指，點點頭説：「厲害，不愧是土著國無人能比的魔術師阿T。」

買完蔬菜繼續往食品街裏面走，一路都有人在和我打招呼，好像這裏所有人都認識魔術師阿T。不管我買什麼，店家都會多給我一些，或者給我優惠價。

我買了圓麪包，麪包嬸多拿了兩根麪包棒使勁往我的手中塞；我買了鮮蘑菇，採蘑菇的小女孩又抓了兩把蘑菇乾往我袋子裏裝；我買了烤肉，烤肉大叔粗着嗓門大喊着：「這一袋子烤餡餅你必須拿着！我保證孩子們會喜歡！」

這種眾星捧月的感覺真好，想想看，如果我是以「宇宙大盜西柚」的身分出現在這條街上，恐怕早就「人人喊打」了吧？

不不不，他們不敢打我，他們應該躲着我才對，像躲避嗡嗡叫的蒼蠅。細想起來，這真是一件既讓人高興，又令人沮喪的事情啊。

「誰讓我現在是雙重身分呢！」我自言自語着，無奈地搖搖頭。

在食品街購物結束後，我的心情大好！雖然我花掉了不少銀河金幣，但一想到那些孩子看到食物的表情，我就莫名興奮！

「與滿足的笑容比起來，金幣又算得了什麼呢！」我提着大袋子小盒子，呼喚同樣提着大盒子小袋子的金髮年輕人：「快快快小鬼，馬上回秘密屋。」

秘密屋裏的歡笑

回到秘密屋的時候，太陽已經快下山了。一下車，我就大聲喊着，同時張開了雙臂：「孩子們，你們的晚餐來了！」

「是爸爸，阿T爸爸回來啦！」孩子們興奮地朝我跑來，巨人寶寶跑在最前面，那「咚咚咚」的聲音再一次震耳欲聾。

我有點吃醋，如果他們這時喊的是我自己的名字——西柚，是「西柚爸爸回來了」，那該多好啊！

巨人寶寶趴在車窗上往車裏看，驚喜地説：「哇，有超級多的食物！」説着一滴口水流下來，在車子前的地面上砸了個坑。

緊隨其後的迷你國小女生卻擔心地問：「爸爸，你不會把所有金幣都花光了吧？」

「不會！」我得意地舉起手裏的大盜皮囊：「我這裏

還有很多金幣呢。」

小鬼剛想問我怎麼會有那麼多金幣，剎不住車的章魚小孩已經把他擠到一邊了。這小傢伙伸出自己的八條胳膊，從車裏捲出各種食物，大叫着：「我聞到煎小魚餅的香味啦！我來幫爸爸拿東西！」

「我也要幫忙！」其他孩子爭先恐後地從車上取下食物，有的抱着、有的舉着、有的頂着，跑進了秘密屋。這個畫面讓我再次回到了小時候……

記得我被宇宙盜賊撿回家後，每次把「盜竊」的物品換成金幣，又用金幣買了食物後，也是這樣興高采烈地跑回家的。

「炒青菜不要放這麼多油！」

「雞蛋餅要烤糊了，笨蛋！」

雖然耳邊總是環繞着這樣粗魯的吼聲，但我仍舊很開心。那段時間，我學會了烹飪食物，而且樂此不疲……

我的思緒從很久以前的破飛船回到了秘密屋，準確地說是秘密屋中的廚房。

你知道嗎，別看這個小木屋的外表小小的，其實裏面超級大，我剛進來的時候也嚇了一跳。這裏不僅有孩子們睡覺的寢室、吃飯的餐廳，甚至還有一個室內遊樂場！我不得不佩服那個魔術師阿T，他用魔術變出的木屋，幾乎可以和我的大盜皮囊媲美了！

也不知道他現在好不好？唉，可憐的傢伙，沒口福啊！

不過我很快就會去找他的，到時候他當他的魔術師，而我要做回我威風凜凜、自由自在的宇宙大盜。

「你們知道嗎，在其他國家，食材變得越來越珍貴、越來越稀有。」我邊煎餡餅邊搖着頭說。要知道，隨着科技的進步，合成食品充斥在各個國家的便利店裏，它們食用起來方便快捷，電腦調配出的味道雖然能接受，但口感卻一模一樣。

「所以很多國家的人慢慢失去了烹飪的能力，還好我沒忘記。」我邊說邊用大杓敲了一下鍋沿，又把一盤炒熟的菜遞給小鬼：「我是一流的廚師哦，這可不是變魔術！」

隨着各種香氣飄出來，奇形怪狀的小腦袋們都擠在了廚房門口，好奇地往裏面看着，我都能聽到嘶口水的聲音了。

沒錯，今天除了熟食，其他飯菜都是我親自下廚做的。當我端出最後一道咕嘟嘟翻着泡泡的玉米火腿湯時，孩子們歡呼了起來。

「阿T爸爸太厲害啦！」

他們前呼後擁地和我一起來到桌子邊，我一邊提醒着他們「當心，別燙着」，一邊用我修長的、偷竊鑽石的手指勾過來一個圓形棕墊，小心地放下湯鍋。

此時此刻我得意極了，要知道，我最喜歡這種被崇拜的目光和聲音包圍着的感覺。

做好飯菜，再擺上蛋糕、烤肉、水果盤，一頓豐盛的晚餐就要開始了！孩子們圍坐在好幾米長的大桌子周圍，各種形狀的鼻子貪婪地聞啊聞，但沒有一個人先吃。

我奇怪地問他們：「你們不是餓了嗎？怎麼不吃呢？」

大家異口同聲地説道：「等爸爸先吃！」

那一刻，我感覺鼻子又酸溜溜的了。一定是剛才炒菜時被油煙嗆的，一定是！

於是我端起裝滿草莓汁的杯子，説道：「開飯！祝大家有好胃口，願宇宙大盜西柚被關得久一點。」

孩子們不明白我最後一句話和今天的晚餐有什麼關係，但既然「爸爸」這麼說了，他們也就一同端起杯，跟着我喊起來：「願宇宙大盜西柚被關得久一點！」那聲音，在秘密屋上空迴蕩。

我忽然有點忌妒阿T了，他能有這麼多可愛的孩子，真是幸福啊。

接下來飯桌上那一派熱鬧的景象，可真是讓我開了眼界。因為我從來沒和這麼多人一起吃過東西，所以我的嘴巴忙着運動的時候，眼睛也沒閒着。

汪洋國的章魚小孩每隻觸手都拿着一個杓子，吃起東西來真快；藍色水球國的女孩已經用吸管一樣的嘴巴喝完三碗玉米湯了，看來她對湯情有獨鍾；土坷垃國的幾個孩子非常謙讓，他們互相給對方夾菜，吃得小心翼翼，儘量不蕩起灰塵；巨人寶寶則左手一份超大餡餅，右手一隻燒肥鵝，一口就咬掉了一半。

看着這個大寶寶吃得那麼香，我滿意地點點頭，問他：「味道怎麼樣？」

「好好好，超級美味！」巨人寶寶咧着油花花的大嘴沖着我笑。

很好，這才是我知道的大大國人的飯量嘛！

叮叮噹噹碗碟的聲音，嘰里咕嚕咀嚼的聲音，連同歡聲笑語飄出了溫馨的秘密屋。我不知道這裏為什麼叫秘密屋，也許是怕裏面裝的幸福太多，引來別人的忌妒吧！

全宇宙最幸福的事情

晚餐進行到一半的時候，一個彈力國的小孩子跑到我的身邊，打着飽嗝說：「阿T爸爸，謝謝你給我們做了全宇宙最美味的晚餐。」

「喜歡就好，要多吃點啊！」我笑着摸摸他鼓鼓的肚皮。忽然，我意識到一個問題：「哎？你的衣服怎麼這麼短啊？」

他有些不好意思地把自己的衣服向下拽拽，但還是蓋不住肚皮。

「都怪我整天跳來跳去，才讓身體變長了。」說着，他用力縮成一團：「沒事，我縮一縮衣服就會合身了。」

看着這個努力想要縮小自己的小傢伙，再看看其他孩子，他們的衣服幾乎沒有一件合身的。

我的眼睛再次濕潤了。今天到底是怎麼了，我忽然變得如此多愁善感起來？一定是因為我長着魔術師阿T的臉，也會受到他的情緒影響。嗯，一定是這樣。

既然已經這樣了，在換回外貌之前，我還得代替魔術師阿T做點什麼，畢竟他現在也替我被關在宇宙黑洞監獄裏呢！

想到這裏，我故作神秘地問道：「你們有沒有人想要一身新的衣服？」

還在狼吞虎嚥的孩子們停下來，他們抬頭看着我，猶猶豫豫的樣子。

「不，我們並不需要，我們的衣服都還好着呢。」彈力國的小孩兒拽着自己的衣服說。

隨即，所有孩子都搖着頭說道：「對，阿T爸爸，我們並不需要！」

開玩笑，作為宇宙大盜西柚，我可是最會察言觀色的，我怎麼可能看不到孩子們臉上那期待的神情呢？

我搖搖頭，從大盜皮囊裏拿出一捧金幣說：「放心吧，不用擔心銀河金幣花光，這裏還有很多呢！準備好迎接你們的新衣服吧。」

孩子們眼中露出了驚喜的光芒，那光芒就像星辰一樣。不，比星辰還耀眼。

晚飯後，我把土著國所有繫着大圍裙、脖子上掛着皮尺的老裁縫都請到了秘密屋，準備給孩子們每人做一套新衣服。孩子們按照從小到大的順序排起了整齊的隊伍，裁縫們拿着皮尺在他們的身上比畫來比畫去。

「我還是第一次要做八條袖子的衣服呢，這真是個挑戰！」一個裁縫看着面前汪洋國的章魚小孩，驚訝地説道。

「八條袖子算什麼，這麼小的衣服還不如我的手掌大呢。」另一個裁縫手裏托着糯米國的小人兒説道：「幸虧我的技藝足夠高超。」

「快來幫幫我的忙。」站在巨人寶寶面前的裁縫説道：「我需要借用一下你們的肩膀，我們只有一個舉一個，才能量到這孩子的肩膀！」

不管裁縫們有多麼驚奇，做衣服的工作還是緊鑼密鼓地展開了。他們有的負責設計服裝圖紙，有的負責裁剪，有的負責縫紉，還有的負責釘扣子、鑲花邊……而孩子們呢？看吧，他們在這些裁縫周圍激動地跑來跑去，時刻關注着自己新衣服的進展。那份期待，就像當年的我，期待有一艘新飛船一樣。

我説過，小時候我有一艘不知道是不是爸爸媽媽留給我的舊飛船。

那是一艘起飛時會冒黑煙，飛行時會自己撞上隕石，降落時會大頭朝下扎進土地裏的飛船。這還不算它身上大大小小的劃痕、裂縫、破洞。你知道，每到寒露季節，在這個飛船裏睡覺，經常會有被凍成冰柱的危險。所以，我那時的最大夢想就是，擁有一艘新飛船。

為了得到新飛船，我和宇宙盜賊師父一起去盜竊火龍國的火龍果。吃了那種火龍果，就可以像火龍一樣吐火了。

但那些火龍可不好惹，雖然我們趁着夜色，偷到了兩個火龍果，可逃跑時還是被一個火龍守衛發現了。

你一定想像不到，牠發怒時吐出的火球有多可怕。那冒着熱氣呼嘯而來的大火球把我嚇傻了，要不是師父拉了我一把，大概我的小命早沒了。

雖然我和師父都穿着抹了牛油的逃跑鞋，可還是被火球燒到了頭髮。那以後，我的頭髮就變成現在這樣直愣愣、硬邦邦的。

師父更倒霉，他的頭髮都被燒光了。就因為頂着一個

大光頭在夜晚行竊，目標太明顯，所以沒過多久，他就被宇宙警察抓進了宇宙黑洞監獄。

還好我們盜來的火龍果保存完整，我把它高價賣給了黑星人，得到了完全屬我的、人生第一桶銀河金幣。

當我拿着這些金幣，找工匠打造「找不着北號」飛船的時候，那種期待的心情，和現在這些孩子一模一樣……

就在我回憶往事的時候，所有衣服都完工了。孩子們嘻嘻哈哈地換上新衣服，吱吱喳喳地相互評論，秘密屋頓時變成了時裝表演現場。

看着打扮漂亮的孩子們，我感覺自己又做了一件非常偉大的事情。比我躲開衞星上的防禦激光炮還偉大、比我大戰吃人樹還偉大、比我把大大國上的金字塔翻過來還偉大、比我猜中了斯芬克斯的謎語還偉大！

接下來的幾天，我用以往千辛萬苦攢下的金幣，又給這些吵鬧的小傢伙買了成堆的蘋果餡餅、遙控火車、帶滑梯的雕花大牀、用白雲做的運動鞋……聽着他們的笑聲，我忽然發現，送給別人東西，比把別人的東西偷過來要幸福得多！

直到有一天夜晚，每個孩子都和往常一樣過來親吻我、和我道晚安，我也躺在魔術師阿T舒服的牀上準備進入夢鄉時，忽然，一個念頭驚醒了我！

天啊！我這是在做什麼？我幾乎要迷失自己了！我可是詭計多端、臭名昭著的宇宙大盜西柚啊！

差點迷失我自己

夜幕降臨，秘密屋裏的歡聲笑語都隱沒在了黑暗中。房間中傳出孩子們均勻的呼吸聲，和各種奇怪的呼嚕聲。這些聲音有的像在演奏風琴、有的像在吹口哨、有的像在唱歌，還有的像在唸咒語……

當然，這些聲音我一點都不陌生。因為我以前在夜間偷偷潛入別人家「工作」時，經常會聽到各個國家不同種族的人的呼嚕聲。

記得有一次，我趁夜色去糯米國，想要盜竊一戶人家的糯米丸子。當然，作為一個優秀的宇宙大盜，我每次行動之前都會做足功課。我知道糯米國的糯米丸子非常黏，需要用竹葉包裹才能拿，千萬不能用手直接抓，否則，你的手上這輩子都要沾着一個糯米丸子了。如果你問我這樣的糯米丸子怎麼吃的話，那你可難不住我，這方面的功課我也做了。糯米國的食譜上寫得很清楚：糯米丸子需要高温油炸，讓表皮變得金黃焦酥後，即可食用。

就這樣，因為準備充分，我只用了幾秒鐘就把一盤糯米丸子用竹葉包好，裝進了大盜皮囊。但是，我萬萬沒有想到，這麼順利的盜竊過程，卻在我要離開時出現了問題。

不是宇宙警察，他們不會這麼悄無聲息！也不是陷阱，因為這家人已經睡着了。但那個夜晚我真真切切地感受到了，什麼叫作「寸步難行」。

沒錯，我的腳黏在地面上了！無論我怎麼用力，都沒辦法移動一步！很快我就明白了，原來是糯米國的人打出的呼嚕，他們的呼嚕竟然也是黏的。

這些黏糊糊的呼嚕落在地板上黏住了我的鞋子，後來我不得不捨棄鞋子，光着腳丫，戴着我的飛行帽從窗口飛了出去。

你看出來了吧，做宇宙大盜的風險，真的很大！

不過話又說回來，每當夜晚降臨，我把自己可怕的黑影映在家家戶戶的窗戶上，那是多麼威風啊！

沒錯，只有盜竊才會讓我感到幸福、快樂、滿足！我用力拍了拍自己的頭，讓自己不要再沉迷下去了。

「西柚，你要記住，你現在做的事不過是阿T一直在做的事，作為一個宇宙大盜，我只是在幫他的忙而已！」我一遍遍地把這句話強調說給自己聽，可仍舊壓制不住心中的另外兩把聲音。

那是一黑一白的兩個西柚小精靈，黑色的西柚握着拳頭，目光兇狠地吼道：「一定要做大盜賊，大盜賊才是全宇宙最厲害的職業！」

而白色的西柚瞇着眼睛，臉上帶着平靜的神情，悠悠地說：「做一個心地善良的魔術師也不錯啊，這樣才能感受到溫暖和愛！」

兩個小精靈越吵越激烈，我都不知道該怎麼辦了。

我正在矛盾深淵苦苦掙扎的時候，一個小影子忽然躡手躡腳地進入了魔術師阿T的房間——也就是我的房間。我連忙瞇起眼睛假裝熟睡，心想：「難道是同行來了？太巧了吧！」

但這個小影子進來後沒有拿東西，而是直奔我的牀鋪。我立刻警惕地握緊了手中的胡椒瓶。想要對付我宇宙大盜西柚，你真是看走眼了。

但接下來並沒有發生我想像中的危險事件，我只看到一雙細長的胳膊伸過來，把我的被子往上拉了拉，蓋住了我露在外面的肚子。然後，那隻小手又在我的枕邊放了一塊滿是愛心的魔術手帕。

「阿T爸爸，這是我繡的魔術手帕，希望你喜歡。做個好夢哦。」夜色中，一把輕柔的小聲音鑽進了我的耳朵。

之後，這個小身影一閃身又悄悄出了門，而我，頓時睡意全無。

天啊，這就是被關心的感覺吧，我還從來沒有過這種體會。孩子的愛簡直太温暖了！

不行，我必須儘快逃離秘密屋，躲這些孩子遠一點，這樣我的心才不會被融化。

難怪收養我的宇宙盜賊師父説過：「一個真正的大盜賊，不應該接觸孩子！切記！」現在我算領教了，原來不接觸孩子不是怕他們吵鬧，而是擔心他們的簡單和善良，會讓兇殘的大盜迷失自己！

就這麼定了，我得儘快找回我自己，找回被魔術師阿T帶走的西柚！

第二天天一亮，我小心地收好那塊手帕，拉着金髮年

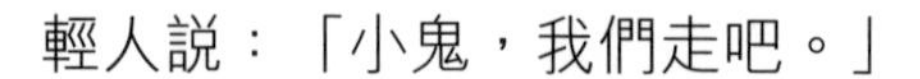

輕人說：「小鬼，我們走吧。」

「好的。」小鬼點點頭：「今天是不是該去看看婆婆們了？她們一定很想您。」

我連忙點頭答應：「可以，聽你的。」

去哪裏都好，只要馬上離開秘密屋就好。要知道，再繼續跟這些孩子待在一起，我就離「宇宙大盜」的光環越來越遠了。

隨後，我和剛起牀的孩子們匆匆告別，鑽進汽車，準備去小鬼口中的婆婆園。不過，看到他們在小木屋門口朝我不停揮手的樣子，我竟然有些不捨了。

不不不，不要迷失自己！我怎麼能被這些小傢伙牽絆住，我宇宙大盜西柚可從來都是獨來獨往的。

在車子啟動後，我開始反覆告誡自己：「你是個宇宙大盜，無敵的宇宙大盜，宇宙裏最強大的大盜，沒人能抓得住的宇宙大盜！你所做的一切，不過就是在掩人耳目，不想讓別人發現你是假的魔術師阿T而已！等你們的身分調換回來，這些功勞通通都要還給阿T……」

這樣念叨了一路，就是為了叮囑自己，不要忘記自己的真實身分。

車子駛出森林，開到馬路上，又順着一個山坡緩緩向上爬行。土著國的汽車行駛速度本來就慢，爬坡的時候就更像一個大蝸牛了。好不容易「爬」到了最上面，我看到，平坦寬闊的山頂矗立着一棟古老的城堡。

那棟城堡灰色的城牆上爬滿了紫色的爬山虎，樓頂窄小的窗戶被爬山虎圍得密不透風，年久失修的外牆有大片大片的牆皮脫落，看上去有點破舊。不過古堡周圍的空地上種着大片的玫瑰和各種嬌豔的花，又給人一種生機勃勃的感覺。

還好古堡大門沒有被爬山虎擋住，我能看到門上寫着三個青銅大字：「婆婆園」。

婆婆園

很快我就知道了，這裏之所以叫婆婆園，是因為城堡後面有一個超大的花園，城堡裏住着一百位老婆婆！

她們坐在花園的搖椅上、鞦韆上、野餐墊上曬着太陽，聽着鳥叫。看得出來，這些婆婆和秘密屋裏的孩子們一樣，也是來自不同的國家，屬不同的種族。有土坷垃國的麻臉婆婆，有火球國的渾身發着光的紅髮婆婆，有魔法國的巫師婆婆，還有目光國的小臉盤大眼睛婆婆。

看到我走進了城堡的後花園，婆婆們都興高采烈地迎上來，一個挨一個地擁抱我，一個接一個地親吻我的臉頰。這個過程幾乎就用了一個小時。

我看看在一邊捂着嘴笑的小鬼，苦笑着説：「婆婆們也太熱情了。」

「她們一直就是這樣的啊，因為她們太想您了。」小鬼聳聳肩説。

「我有多久沒來了？」我試探着問，接着又連忙解釋：「我是說，我研究新魔術太投入，忘記了時間。」

小鬼想了一下，說：「一個月前您來過，給婆婆們帶來了燒壁爐用的木材。」

也就是說，我只是待在秘密屋的這段時間沒有來婆婆園。想想看，那也沒多長時間啊？婆婆們就這麼想念魔術師阿T了？

我撇了撇嘴，不服氣地小聲念叨着：「不知道阿T用了什麼魔術，讓婆婆們這麼『惦記』他。哼，他能做的，我也能做。」

我正暗自嘀咕着，土坷垃國的麻臉婆婆顫顫巍巍地走了過來。

「孩子，我們就知道你快來了！」她說着把一條手工編織的毛線圍巾套在我的脖子上：「天快冷了，婆婆給你織了一條圍巾。」

我低頭看着這條七彩圍巾，剛想說話，小鬼已經走過來埋怨起來：「婆婆，你們是不是把阿T給你們買的毛線手套都拆了？」

麻臉老婆婆揚起下巴，擺出一副蠻不講理的樣子說：

「是又怎麼樣！我們又不出門，要毛線手套做什麼，阿T才需要保暖呢。」

面對這樣耍脾氣的老小孩，小鬼只能認輸，連忙擺着手說：「好吧好吧，婆婆說了算。」

我摸着掛在脖子上的這條毛線圍巾，看着各種顏色的毛線接起來的線頭，忍不住笑了。

如果放在過去，我一定會嗤之以鼻。就算有買家出金幣指定要它，我都會嫌棄地說：「你確定嗎？確定要顏色搭配這麼沒有品味的圍巾？真是的，盜竊這種廉價的東西說不定會影響我宇宙大盜的聲譽呢！」

但是現在，不知道是不是我的審美出了問題，我竟然越看越覺得，這條七彩圍巾才是全宇宙最貴重、最漂亮的圍巾！

「謝謝婆婆，我好喜歡！下次我給你們買皮手套。」我笑着說。

麻臉婆婆摸着自己滿是皺紋的額頭，自言自語道：「皮手套啊，不知道夠不夠拼出一件皮斗篷……」

我和小鬼互相看了一眼。看來，對於任性的婆婆們來說，沒有什麼不可能的。

接受了珍貴的禮物後，我和婆婆們一起坐在陽光下喝早茶。小鬼指着一個正在打盹的瘦小的老奶奶說：「阿T，您還記得閃電奶奶嗎？曾經她可是宇宙超級勇士，她的速度像閃電一樣快，曾經解決過幾百次宇宙危機。為了能得到她的一個簽名，很多人會帶着睡袋去排隊三天三夜隊。」

「你是說閃電女俠？」我連忙多看了幾眼那位皮膚皺得像乾馬鈴薯一樣的小老太太。見小鬼點了點頭，我驚訝得嘴都合不上。

要知道，閃電女俠可是我童年時的超級偶像！她最傳奇的故事就是，隻身一人阻止了黑洞大爆炸，拯救了三十二顆星球和上面的所有居民！

「這麼風光的人，怎麼會淪落到……」想到這裏，我忍不住搖了搖頭。

小鬼好像猜出了我的心思，他搖搖頭，笑着說：「不不，不像您想的那麼慘，閃電奶奶很享受在婆婆園的生活，每天吃着自己種出的南瓜做的南瓜羹，躺在搖椅上曬着太陽睡午覺，什麼都不用想，安靜又平和，難道不好嗎？」

對啊，難道這樣的生活不好嗎？

聽小鬼這麼一説，我似乎從心酸的感覺中也體味出了一絲回甘。

從聊天中我才知道，這些來自各個星球的婆婆幾乎個個都是「有故事」的人，其中不乏憤怒星的女將軍、光芒星的超級歌星、有過幾萬兒女的蟻星女王，以及根本沒有一本星護照的流浪女畫家。

這些曾經有着光怪陸離生活的婆婆，如今選擇了淳樸的土著國作為養老勝地，真正找回了久違的平靜和安寧，確實是一種不錯的歸宿。

婆婆們端來熱乎乎的可可茶，點上老檀香粉，和我談論着土著國今天葵花籽的收成、護城河裏的大紅鯉魚又產了多少小魚、昨天的那場雨打壞了雞窩的頂棚。當然，還有關於我的魔術帳篷。

她們喋喋不休地囑咐我：「孩子，表演的時候要小心，不要跑來跑去，當心摔跤！」

「孩子，晚上可要少出門，聽説最近強盜多。」

「孩子，不要太辛苦，一定要按時睡覺。」

我只需點點頭就好，這種平淡無奇、看似略顯無聊的聊天內容，我竟然很受用。

什麼銀河金幣，什麼宇宙大盜通緝令，什麼掌聲和尖叫，這一刻都變得那麼虛無。我只想和婆婆們一起悠閒地坐在院子裏，把頭髮曬得滾燙，讓滿身彌漫着花香。

就在我快要陶醉在自己的美夢中時，幾位婆婆又把我從椅子上拽起來拉回到城堡裏，一定要讓我品嘗她們自己做的牛軋糖、山楂罐頭和各種形狀的甜點。廚神婆婆和種植婆婆還因為爭論誰做的「葡萄乾麪包」上的葡萄乾多而拌起了嘴，像兩個鬧矛盾的小孩子一樣。

婆婆園讓我體會到了什麼叫作踏實，更重要的是，她們不叫我阿T，只叫我孩子，這讓我覺得分外親切。

「不管是魔術師還是宇宙大盜，都算是孩子，都會得到你們的愛，對嗎？」我試探着問婆婆們。

婆婆們都「咯咯咯」地笑起來，笑得沒有牙齒的嘴巴更扁了。

「當然啦！都是好孩子，宇宙大盜只是調皮一點的孩子而已。」巫師婆婆拍拍我的肩膀：「曾經我也是一個喜歡惡作劇的姑娘。那麼你呢，是希望做好孩子，還是淘氣的孩子？」

這句話把我嚇得一哆嗦，難道我被看穿了？難道巫師婆婆的眼睛能看出我的真實身分？我連忙強裝鎮定地回答說：「我，我當然希望做好孩子啦。」

「乖！」巫師婆婆愛憐地摸摸我的頭：「不過啊，淘氣的孩子也不是壞孩子。他們也許只是過於頑皮，為了得到自己喜歡的東西撒謊或者犯錯。但只要他們內心善良，就會認識到自己的不足，改正過來。我們愛每一個知錯能改的孩子。」

我連忙認同地點點頭！說真的，我認為我真不算什麼壞孩子！

知道我宇宙大盜西柚的名氣為什麼這麼響亮嗎？因為我遵守盜賊的規矩。這個規矩最重要的一條就是：只盜竊東西，不搞破壞，更不會傷害人或者小動物。

記得有一次，我從掃帚星盜取了一隻貓頭鷹，準備帶到藍色水球星賣掉。結果在去的路上，換了環境的貓頭鷹因為緊張哆嗦個不停，連嗓子都叫啞了。我不得不把牠裝進我的大盜皮囊，黑暗的環境總算讓牠安靜下來了。但是我可憐的大盜皮囊啊，我後來不得不把它翻過來清洗了七八遍，因為裏面都是臭烘烘的鳥糞。

所以總的來說，我也認為我算得上是一個心地善良的宇宙大盜。

想到這裏我踏實了一些，心安理得地又捏起一塊小熊餅乾吃了起來。

年久失修的老房子

和婆婆們在一起，讓我變得像個孩子一樣。什麼都不用想，什麼都不用做，只要認真地接受這份「關愛」就好了。這對於從小就「缺愛」的我來說，是多麼珍貴啊！

我開始在意她們對我的評價，為了得到表揚，我努力表現得乖一點：不沖小鬼發脾氣、不蹺二郎腿、幫忙收拾空杯子……我還主動變了「衛星環繞」的魔術給婆婆們看，希望她們個個都笑得像花兒一樣美。

「多精彩的表演啊，我們的孩子真是太優秀了！」

「我們以你為榮，孩子！」

婆婆們這樣説着。

她們以我為榮？天啊，這讚揚簡直比我聽到整個劇場的人給我的掌聲和吶喊聲還讓我開心。

要知道，從來沒有人會這樣對我説。就算我第一次打敗了火龍國的火龍，我的盜賊師父也沒説過這樣的話。他只會拍一下我的後腦勺說：「這算什麼，想當年我……」

此時我感到眼角涼涼的，用手一擦，竟然是一滴眼淚。原來，激動也能讓人流淚啊！

不過，在婆婆園待久了也會「生病」。如果不是小鬼提醒我說：「阿T，您今天格外在意婆婆們給的『愛』啊」，我還沒有發現，我真的已經出現了那種「我是唯一的大寶寶」的症狀。

這種情況表現在：午飯時，麻臉婆婆切給我的比薩餅，比給小鬼的小了一點點，我就氣得跳了起來；兩個婆婆說悄悄話不告訴我，我就開始擔心她們是不是在批評我，不再「愛」我了……

我為什麼會在意這些？我到底是鐵石心腸的宇宙大盜西柚還是魔術師阿T呢？我用力搖搖頭讓自己清醒，要不然我真的會以為自己是魔術師阿T了。

於是我決定，在婆婆們午休後就偷偷離開，這個婆婆園也不是宇宙大盜該久留的地方。我要儘快找到魔術師阿T，和他換回我「宇宙大盜」的身分。

公雞鬧鐘「喔喔喔」地叫起來，婆婆們陸續醒來，伸着懶腰回到城堡大廳。我端正地站在客廳中央，宣布說：

「親愛的婆婆們，我……」

話還沒說完，只見一塊白色的東西忽然從空中飛了下來。憑藉多年做大盜的警惕心和敏捷身手，我立刻判斷出：「不好，有暗器！」

還好我動作敏捷，不僅自己一側身躲開了，還順便拉開了小臉盤大眼睛婆婆。大眼睛婆婆顧不上管自己，捧着我的臉左看右看，着急地說：「沒事吧？有沒有受傷？」

我連連擺手，說：「沒事，沒事，我的逃跑技術可是一流的！」

「什麼逃跑，這叫躲避！」大臉盤小眼睛婆婆嗔怪道：「一定要多注意一點才行，生活中時刻都隱藏着危險。」

但這危險到底是什麼呢？是誰想要偷襲魔術師阿T？我低頭看向剛才自己站着的地面，這才發現，原來那並不是什麼暗器，掉落在地上的是一大塊牆皮。

我抬頭向高高的天花板望去，那個老舊的大吊燈搖搖晃晃，支撐着吊燈的掛板也鏽跡斑斑，好像隨時都有掉下來的危險。吊燈周圍的牆皮人多不安分地翹了起來，有些應該早就脫落了，露出暗黑色的牆體，讓整個天花板看上去像一幅黑白地圖。

再向旁邊看去，一扇高處的窗戶玻璃碎了，偶爾一陣風吹過，帶着些發霉的味道。就算玻璃沒有破碎的窗戶，也是被爬山虎遮得嚴嚴實實，連陽光都透不進來。

我不由得皺起了眉頭，心想：「這種鬼地方太糟糕了，就算待在宇宙黑洞監獄，也不會走風漏氣，或者被牆皮砸到吧。」

這時我身後傳來了「咯吱咯吱」的聲音，我連忙回頭看去。是麻臉婆婆，她正躡手躡腳地端着盤子，盤子上放着金黃色的南瓜餅走過來。

見我回過頭看着她，麻臉婆婆不開心地噘着嘴說：「真是的，還想給你個驚喜呢，都怪這討厭的地板出賣了我。」

「謝謝婆婆。」我捏起一塊南瓜餅，邊吃邊提議說：「婆婆們，我覺得你們的城堡應該翻修一下了。」

「不用不用，孩子，你那麼忙，不用費心。」小臉盤大眼睛婆婆擺擺手：「至於地板翹起、牆皮脱落什麼的，我們以後再小心一點就行了。」

其他婆婆也趕緊附和道：「對啊，這裏的環境已經很好了，我們都生活得非常好！」

小鬼這時走了過來，在我耳邊說：「阿T，您一直說要用魔術把這裏變得煥然一新，卻忙得沒有時間，今天怎麼樣？」

魔術？開什麼玩笑，我哪會這麼高深的魔術啊，我又不是真的阿T。但我可不想現在暴露身分，畢竟婆婆們的愛實在太讓人無法捨棄了。要不，我暫時先保留魔術師的身分，幫婆婆們修繕一下城堡？

對！就這麼幹。不過，不會變魔術的我怎樣才能讓城堡煥然一新呢？我苦想冥思了好一陣，終於開竅了：對啊，我差點把自己宇宙大盜的身分忘記了。

我可以去盜竊啊，憑我的本領，去魔法國盜來他們的魔法棒和魔法粉末簡直易如反掌。有了它們，我就可以不費吹灰之力把城堡「變」得像新的一樣了。

想到這裏，我得意地整了整衣襟，說道：「小鬼說得對，婆婆們，今天正好我沒有演出，我會幫你們修繕城堡的。」

婆婆們看起來很高興，但是又有點擔心。

「光是清理那些爬山虎已經很費事了，這樣會不會太累了？」

「城堡牆壁可不好粉刷，太高了。」

「修理完這些吱吱響的地板，恐怕腰都要累得像婆婆一樣彎了。還是算了吧。」

「沒關係！交給我就好了，只需要變一個魔術而已。」我一擺手説：「不過呢，我的新魔術需要去其他國家採購一些道具，你們在婆婆園等我就好了。」

我説着，一把抓起大盜皮囊就準備出發。好久沒有去盜竊了，還真有點手癢癢呢！説起來，「宇宙大盜西柚」此時被關在宇宙警局裏，人們不會對「魔術師阿T」提高警惕，所以，這次盜竊行動一定非常順利。

「哈哈，有魔術師的外表作偽裝也不錯嘛！」我心裏想着，得意地朝城堡門口走去。

可是沒走幾步，一位婆婆忽然拉住了我的手腕。

任性的
麻臉婆婆

站在我身後的是土坷垃國的麻臉婆婆，她正期待地看着我說：「等一等，孩子。」

「麻臉婆婆，小熊餅乾我回來再吃。」我連忙說。

「不是餅乾。」

不是餅乾？我想了想又說：「哦哦哦，那條七彩圍巾啊，我一會兒就戴上。」

「也不關圍巾的事。」麻臉婆婆笑瞇瞇地說，「孩子，你要去哪個國家採購魔術道具啊？帶婆婆一起去好不好？」

原來麻臉婆婆也想出去轉一轉，可我的「找不着北號」飛船除了我以外，從沒載過任何人，更別說一位老婆婆了。再說了，帶着婆婆去魔法國，我還怎麼行竊啊？

我轉了轉眼珠，絞盡腦汁地列舉出「出國旅遊」的諸多「缺點」：飛船速度太快，她可能會頭暈啦；其他國家的食物不如土著國的好吃啦；我買的道具也許會很可怕啦，等等。

沒想到麻臉婆婆這麼任性，說什麼都不能打消她「出國看看」的想法。

「孩子，你是不是……不想帶我去啊？」麻臉婆婆噘着嘴說。

「當然不是，只不過……」

我的話還沒說完，麻臉婆婆就一手提着裙子，一手拉着我說：「那太好了，快走吧，你的飛船在哪裏？我已經等不及了。」

看着麻臉婆婆像小孩子一樣興高采烈的樣子，我真不忍心拒絕她。

好吧，看來我只能帶着麻臉婆婆一起去魔法國，至於「盜竊」的事情，只能見機行事了。

在婆婆園的後花園裏，我從大盜皮囊中拿出「找不着北號」飛船。一放到地上，它馬上像春天的種子一樣，飛快地長大了。

婆婆們驚喜地拍起手來：「阿T的魔術越來越厲害

了！我們也想坐飛船。」

麻臉婆婆得意地叉着腰說：「不行不行，是我先說的，這小飛船只夠載一位婆婆。」

我苦笑了一下，連忙點頭說：「麻臉婆婆說得對。」要知道，帶一位婆婆總比帶一百位婆婆出行方便多了。畢竟我是去行竊，不是去旅遊的。

我是宇宙大盜西柚，身經百戰的西柚！雖然我有着魔術師阿T的外貌，但這並不妨礙我作為一個優秀盜賊的高超駕駛技術。坐上「找不着北號」飛船後，沒用幾分鐘，我和麻臉婆婆就到了魔法國。

魔法國我經常光顧，因為這裏的魔法道具很受歡迎。記得不久前我還盜取過一大疊「石頭變金子」的符咒，一張就可以換到一百個銀河金幣。

所以，對於魔法國存放最新魔法道具的場館，我非常熟悉。但為了不被麻臉婆婆發現我是來「盜竊」的，我不能直奔主題。

「婆婆，你想到這個國家的哪裏參觀？」我問。

「就在街道上走走吧。」麻臉婆婆笑瞇瞇地說，「我最喜歡在街道上隨意走走看看。」

好吧，我要學會放慢生活節奏，這樣才能跟得上婆婆們的步調。

不過沒關係呢，等我盜來魔法道具，幫婆婆們修繕完城堡後，我就去找魔術師阿T。那個時候，我就又可以做回那個行事如風馳電掣、威風凜凜、令人望而生畏的宇宙大盜了！

魔法國的人都會魔法，是那種真正的魔法，可不是土著國的魔術。

走在路上你會發現，街道兩邊的魔法隨處可見。左邊有人把一棵樹變成了長頸鹿，右邊有人在空地上變出了一座玫瑰花園，前面有人把馬路像捲餅一樣捲了起來，後面有人長出了三頭六臂。

麻臉婆婆驚喜地看着前後左右，忍不住感歎：「哇！這真是一個充滿神奇力量的國家啊！」

「當然，他們展銷魔法道具的商店更神奇，我們去看看吧，婆婆。」見麻臉婆婆興趣十足，沒有任何懷疑，我總算踏實了。

要知道，那裏就是我的「目標」！

我攙着麻臉婆婆，大搖大擺地進入了魔法國最大的魔法道具商城，此時我的心情格外愉悅。

為什麼這麼說？你忘了嗎？我可是宇宙大盜西柚，我的「工作」向來是在夜間偷偷摸摸進行的。如果我白天敢這樣光明正大地走進來，那魔法國的正義大俠們早就擊掌歡呼了。

還好現在我擁有魔術師阿T的面孔，才能這樣明目張膽地走大門，也不用擔心被人懷疑。

魔法道具商城的魔法道具種類繁多，才一段時間沒來，魔法產品又新出了不少。

我貪婪地四處張望着，盤算着哪樣東西好下手、能拿到哪個國家賣個好價錢……看着看着，都快忘了修繕城堡的事情了。

麻臉婆婆也興致勃勃地欣賞着這些精美的魔法道具，我剛想把一包魔法粉裝進袖筒裏，她就過來拉開我說：「孩子你看，這個能讓舌頭變色的魔法糖太有趣了。」

盜竊失敗！

我剛準備用阿T的魔術斗篷蓋住一根魔法拐杖，麻臉婆婆又把我拉到另一邊說：「這個膠囊椅子好不好？小巧輕便，你在台上表演累了可以歇腳，婆婆買給你。」

盜竊再次失敗！

「好好好。」我嘴裏敷衍着，眼睛還在四處亂轉，準備尋找下一個目標。

最新款的魔法金羽毛，可以讓人隨時隱身的超級魔法道具！這個好，我猜，小人國一定有願意出高價購買它的人。

我見周圍都沒有工作人員，就利用大盜皮囊作掩護，另一隻手的中指和食指輕鬆一夾，金羽毛就握在了我的手心裏了。

得手！

正當我暗自得意的時候，麻臉婆婆又來了。

「孩子，這個看起來很脆弱，你要是不買，可別給人家捏壞了。」

我滿臉通紅，連忙把金羽毛放回貨架上，連連說：「對對對，婆婆說得對！」

天啊，跟麻臉婆婆在一起，我根本就沒機會下手嘛！這樣不行，我可是鼎鼎大名的宇宙大盜西柚啊！

還好我足夠聰明，我把麻臉婆婆帶到一個新品展示櫃前，指着裏面的尖頭女巫鞋說：「麻臉婆婆，這是能飛起來的女巫鞋，你要不要買一雙給你的老伙伴女巫婆婆啊？」

「好好，我來替她試試。」麻臉婆婆開心地呼喚着售貨員。

阿丁
辛苦了

現在好了，我自由了！看來我不能想着偷什麼東西去換金幣了，趁這個機會，我要趕快辦「正事」。我說的「正事」就是那個最新款的「夢想成真魔法棒」。只要按照說明書上的咒語一字一句地唸出來，魔法棒就可以變出任何你想要的東西。

很好，現在沒有人注意我，宇宙大盜西柚要一展身手了。

不用一秒鐘，我就神不知鬼不覺地把魔法棒裝進了大盜皮囊裏。

盜竊成功！

沒有售貨員圍上來，警報也沒有骨碌碌地轉着發出尖叫，魔法藤條也沒有來纏住我的胳膊！哈哈，我說什麼來着，通緝賞金最多的宇宙大盜西柚，可不是只會吹牛的！

「就這麼簡單！這次我可以輕鬆地讓婆婆園煥然一新，這就足夠了！」我得意地想着，「等我變回宇宙大盜的外表後，有的是機會，可以盜取更多魔法道具去換取銀河金幣。」

我輕鬆地吹着口哨，提着大盜皮囊假裝悠閒地離開了放置魔法棒的貨架。

可惜……我又說到了可惜……

我記得我的師父——曾經的宇宙盜賊說過，什麼事情都不能得意得太早！他說：「我們要盜取到珍貴的牛奶草，賣給三羊國的蒙面人，拿到說好的銀河金幣，順利返回住所！這樣才算最後的勝利。」

也許是因為我好久不「工作」太大意了，在等待麻臉婆婆試鞋子時，我竟然抱着大盜皮囊在休息處睡着了！直到「咣當」一聲，我的皮囊滾到了地上。

我猛地驚醒過來，看到麻臉婆婆手裏拿着我「竊」來的那個魔法棒，關切地說：「孩子，你好像忘記付金幣了。」

「我……」我尷尬得滿臉通紅，連忙點頭說：「對對對，我忘記了。」

當我發現自己大盜皮囊裏的銀河金幣，根本不夠買魔法棒的時候，那種感覺真是沮喪啊！盜竊不行，買又買不起，那我說好要幫婆婆們修繕城堡的事情，不是變成吹牛了嗎？

還好售貨員得知了我要修繕城堡的目的後，提議說：「魔術師先生，你可以買一些魔法材料，自己動手修理城堡。」

聽取售貨員的意見，我買了防滑的磁力木地板，它們會緊緊吸在地上，不會再吱扭扭亂響了；我買了粉刷牆壁的夜光塗料，它能讓房子煥然一新，晚上還不會有飛碟撞上來；我買了清理爬山虎的工具和可以伸縮的魔法梯子。

最後，我把大盜皮囊倒過來使勁抖了抖，用剩下的所有銀河金幣，都買了導航拐杖。這樣婆婆們就可以自己出門在土著國散步，也不用擔心迷路了。

魔法道具商城的售貨員從沒見過這麼「慷慨」的客人，他們一開心，還贈送給麻臉婆婆一個魔法水晶球。

「婆婆，有了它，你就可以隨時看到你的孩子在哪裏了。」售貨員殷勤地說。

「太好了！」麻臉婆婆拉着我的袖子説，「孩子，這下婆婆園的所有婆婆惦記你、想念你、擔心你的時候，就可以拿出水晶球看一看了。」

這算好事還是壞事呢？對於宇宙大盜西柚來説可就糟透了，但對於魔術師阿T來説，也許是好事，因為這個水晶球叫作「愛的牽掛水晶球」。

駕駛着我的「找不着北號」飛船，我和麻臉婆婆很快又回到了土著國的婆婆園。九十九位婆婆，再次熱烈歡迎了我。

麻臉婆婆開心地給老伙伴們介紹魔法國有多神奇，我和小鬼一件件地往城堡裏搬運修繕城堡的裝備時，其實我心裏是矛盾的。

好吧，我承認，這是我成為宇宙大盜以來，第一次連個螺絲釘都沒盜竊成功的「特殊案例」。這件事可千萬不能被同行知道，否則他們一定會笑得鬍子都飛上天，而且還會指着「宇宙大盜通緝令」大聲叫嚷：「這不公平，西柚根本不配成為賞金第一的宇宙大盜！」

不過還好，我現在是魔術師阿T的外表，這次失手可以算在他的頭上。

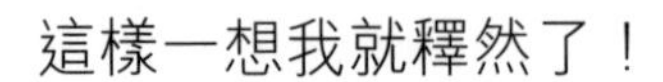

這樣一想我就釋然了！

放下魔法伸縮梯，我舒出一口氣，拍拍助手小鬼的肩膀說：「很遺憾，翻新城堡的大型魔術沒有試驗成功。所以接下來，我們要靠自己的力量了！」

沒錯，修繕城堡是個大工程。我和小鬼把整個城堡裏裏外外的牆壁都重新粉刷了一遍。我要說，這魔法刷子一點都不好用，它們一高興起來就到處亂飛，害得我們滿頭滿臉都是油漆斑點。

把吱扭亂響的地板撬起來，累得我們腰都要斷了，不過換成防滑靜音地板後，婆婆們果然可以隨時「送驚喜」了。這讓我覺得很欣慰。

那搖搖欲墜的破吊燈，被明亮美觀的海洋國吊燈代替；魔法抽水馬桶可以自己清洗自己，再也不會讓廁所冒出噴泉了。

婆婆們一邊抱怨我浪費錢，一邊提醒我，站在梯子上清除爬山虎的時候別急躁，當心掉下來；安裝玻璃的時候要小心，千萬別割到手指……好吧，我承認，雖然我累得要命，但是當工作結束後，看着煥然一新的城堡，喝着婆婆們熬的熱湯，我覺得自己幸福得都要融化了。

這就是婆婆園，裏面有一百位婆婆圍在我身邊說個不停，她們會說：「以後開飛碟不要那麼快，聽話，要注意安全！」

她們會說：「孩子，聽話，晚上不要出門了，早睡早起對身體好。」

她們會說：「明天的演出服已經熨燙好了，聽話哦，不要到處亂跑弄皺了……」

這麼多囑咐，每個我都不想違背。可是，如果這麼「聽話」，我還怎麼做宇宙大盜呢？

「不知道欺騙老人家會不會被宇宙火球燒光頭髮？」我為難地想着：「我可不想冒這個險。」

據說「西柚」失憶了

我是曾經的宇宙大盜西柚，我有着可以裝得下所有「贓物」的大盜皮囊。可是現在，我的大盜皮囊已經空空如也了。

我承認，我變成了窮光蛋。不過想想看，魔術大師阿T不是比我更慘嗎？也不知道他在宇宙黑洞監獄裏過得好不好？為了補償我心裏的愧疚，阿T不在的日子裏，我會替他去秘密屋照顧那些煩人的小傢伙，去婆婆園聽一百位婆婆的嘮叨。當然，我也會替他表演魔術。

雖然我不會表演互換身分這種怪異的魔術，但憑藉我西柚聰明的頭腦，也發明了不少新魔術。真幸運，我大盜賊生涯中最後偷來的那幾顆小衛星有了新的用處，還好我沒有把它們賣掉。

我用零度衛星表演「絕對寒冷」，讓整個魔術帳篷裏所有人都穿上了厚厚的棉衣，婆婆們自己織的帽子供不應求；我用篝火衞星表演「火一樣的熱情」，讓魔術帳篷裏瞬間像着了火一樣，觀眾們都大汗淋漓，從而買了不少孩子們自製的冰淇淋；我還用魔鏡衞星倒映出各個國家不同的虛擬景象。這個魔術不僅讓土著國的觀眾大開眼界，還讓土著國聲名大噪，好多其他國家的人都特意乘坐飛船趕到土著國的魔術帳篷，觀看我的表演。

通常，我表演的最後一個魔術節目「羣星閃耀」，最受觀眾喜愛。現在，當燈光全部照耀在我身上時，我一點都不怯場了。我會站在舞台中央，模仿着魔術師阿T的樣子，故作神秘地閉上眼睛，伸開雙手，小衞星們從我的大盜皮囊裏陸續飛出來。它們有的像紅水晶、有的像藍寶石、有的像黑珍珠，在空中一會兒圍成圓圈，一會兒排成一行，一會兒繞着觀眾們旋轉。當觀眾伸出手想要觸摸的時候，它們又會迅速彈開。

這時候，我總能聽到大家驚訝地大喊：「哦！天啊！這些小球就像活了一樣，簡直太神奇了！」

你知道嗎？這個節目還讓我獲得了「金魔術大師」獎，就連宇宙最最著名的魔術大師魔卡，也親切地握着我的手說：「這是我見過的最有創意的魔術了！」

所以，如果現在你想看到魔術師阿T的表演，那可要提前訂票了。

有的時候生活就是這樣，好事變壞事，壞事變好事，我們很難預料。雖然「宇宙大盜西柚」用盜竊東西換來的金幣花完了，但隨着我「魔術大師阿T」的名氣越來越大，演出越來越多，我重新又擁有了大把的銀河金幣和榮耀。

我用變魔術掙到的金幣去照顧孩子們和婆婆們，帶着孩子們去遊樂場，給婆婆們買新拐杖。我們還一起去海洋國度假，躺在軟軟的散發着七彩光芒的沙灘上曬太陽，簡直沒有比這更愜意的事情了。每一天，婆婆們都在我的耳邊噓寒問暖，孩子們在我的懷裏撒嬌，作為魔術大師阿T的我被巨大的溫暖包圍着，這種感覺讓我無比滿足。

當然，我沒有忘記我的真實身分，我知道，總有一天我還是要變回從前那個我的。

這天，我的助手小鬼告訴了我一個不好不壞的消息。

「阿T，我打聽到宇宙大盜西柚的消息了。」小鬼說道：「他一直被關在宇宙黑洞監獄，但我聽說，他把記憶丟失了，每天坐在那裏不哭不笑、目光呆滯，像個木頭人

一樣。」

「什麼？失去了記憶？目光呆滯？」聽到這個「噩耗」後我暴跳如雷，咬牙切齒地喊道：「宇宙警察一定是用了酷刑，他們怎麼可以這樣對待著名的宇宙大盜西柚！」

小鬼被我的反應嚇了一跳，疑惑地問道：「這個西柚對於您來說很重要嗎？」

「那，那倒沒有。」我連忙讓自己冷靜下來，強裝鎮定地説：「我只是想問問他，上次那個瞬間移位的魔術怎麼樣，有沒有需要完善的地方。」

聽我這麼説，小鬼哈哈大笑起來：「阿T，我覺得您完全不用擔心，因為觀眾們都非常喜歡你現在的魔術，至於很早以前的那個魔術，他們大概已經忘記了。」

很早以前，可不是，這件事大概已經過去好幾個月了。我輕輕地歎了一口氣。

想想看，變成宇宙大盜的魔術大師竟然「悲慘」地丟失了記憶，變成了一個木頭人，這個消息讓我憤怒，接着是無助，最後竟然有了一絲慶幸？我甚至想：「好像也不錯嘛，這樣一來，就沒有人知道我才是真正的西柚了，我就可以好好地繼續做我的魔術師了！」

說實話，做魔術師的日子還真是很開心。每天，我都在觀眾們山呼海嘯般的歡呼聲中入場，用衛星表演自己新創造的魔術。這種自豪的感覺，一點也不比當宇宙大盜西柚時的成就感小。

表演結束後，秘密屋和婆婆園還會帶給我溫暖和快樂。我聽着孩子們說：「爸爸，這個蛋糕可真好吃！」聽着婆婆們說：「孩子，聽話，把這雙毛線襪子穿上。」要知道，這些是作為宇宙大盜從來都感受不到的。

想到這裏，我不無遺憾地搖了搖頭：「唉，畢竟是我把西柚送進監獄的，知道他現在這樣，我還是有點內疚。」

「您真是個心地善良的人，阿T。」小鬼說：「那麼，我們要去投訴宇宙警察，或者去看望西柚嗎？」

「不不不，我只要知道他現在怎麼樣就好了。」我放心地笑了。

意想不到的「訪客」

有時候我在想，我真是個幸運的人。

雖然原來我自由自在、無牽無掛，但每天都在擔心被那些正義英雄抓去領賞金，擔心被關進宇宙黑洞監獄。直到我碰見那個倒霉蛋魔術師阿T。他只是請我上台配合了一下表演，就把自己送進了監獄。

「一件小事改變一生」這句話，真是太有道理了！

試想一下，如果我沒有變成他，而是繼續做宇宙大盜西柚的話，在監獄裏的那個倒霉蛋，早晚會是我。哈哈，我可真幸運。

然而，事情好像並沒有我想像的那麼簡單……

一個月後的一個早上，我正在後台準備魔術道具，身後忽然傳來了腳步聲。不用說，一定是我的助手，那個有着金色頭髮的小鬼。

「今天我決定表演些不一樣的魔術。」我整理着大盜皮囊，頭也不回地說：「這次演出一定會大獲成功，等我得到足夠的銀河金幣，就給孩子們建一座屬於他們自己的摩天輪。」

身後的人靜靜地站住，沒有說話。

「等天氣再暖和點，我要準備一艘大號的飛艇，帶着婆婆們去鳳凰國看風景。」我甩了甩魔術師的斗篷，繼續說道：「我早就想這麼幹了。」

身後的人忽然笑了起來，那笑聲那麼爽朗。我敢保證，這絕對不是小鬼的聲音！那一刻，我愣住了。

「是誰？」我猛地轉過身，手裏警惕地握緊胡椒粉噴霧。

身後這位突如其來的訪客穿着一身紅色的燕尾服、戴着高高的魔術帽、手中還拿着一根水藍色的魔術棒。那微笑的眼神、乾淨的下巴……這，這分明就是魔術師阿T啊！

不對，我才是魔術師阿T！他又是誰？難道我已經變回宇宙大盜西柚的樣子了？

這個念頭着實嚇了我一跳，我感覺自己像狂風中的塑料袋一樣抖了起來，慌慌張張地把自己從頭摸到腳，連每

根頭髮都摸了一遍。不要啊，我可不要恢復成宇宙大盜西柚的樣子，我不要被警察抓走，不要被大人嫌棄、令小孩子害怕！

摸了半天後，我暗暗鬆了口氣。事情並沒有那麼糟糕，我還是魔術師阿T的模樣。

我向後跳了一下，瞪着圓圓的眼睛看着他，警惕地問道：「你是阿T？」

另一個阿T靠近我，我本能地退後幾步。他仍舊嘴角微微勾起，笑着説：「你説呢？西柚，做魔術師的感覺如何？」

我整了整衣服，偷偷歎了口氣，果然和我想的一樣，站在我面前的一定是真正的魔術師阿T。

「你怎麼會在這裏？新聞上説你還在宇宙黑洞監獄啊？」我迴避着阿T的問題，反問他。

「你忘了我是最偉大的魔術師了嗎？」魔術師阿T把手背在身後，驕傲地説：「我只需要把自己變成獄警的樣子，就可以大搖大擺地走出來了。」

我小心地問：「那現在監牢裏的西柚，難道是獄警？」

「當然不是，我不會連累一個好人，那只是一截木頭而已。」阿T聳了聳肩，攤開雙手，做了一個無奈的表情。

「我把一截木頭變成了宇宙大盜西柚，可惜『他』不會思考，所以大家都以為西柚因為被抓獲後過於悲傷，失去了記憶。」

我撇撇嘴，雖説這是個不錯的主意，可想到我那曾經叱吒宇宙的大盜賊形象，現在變成了一個呆呆傻傻的木頭人，心裏還是隱約有點不舒服。

看着站在我面前的真正的阿T，我説出了自己一直以來的疑問：「你為什麼要這樣做？你完全可以變回自己，向警察表明身分，説你是真正的魔術師阿T，而我才是西柚。」

「我當然可以，但我不會那樣做。相比把一個壞孩子關起來的方法，我更喜歡讓他改正錯誤變成好孩子，你説呢？」我從沒見過魔術師阿T的表情如此認真過，他一字一頓地説着：「其實，我一直在你身邊。小鬼就是我變的。我都看到了：你是個好人，你照顧了無家可歸的孩子，給孤獨的老人帶去了安慰。對他們，你付出了愛。當

然，同樣你也收穫了温暖！我沒説錯吧，有愛心的好人西柚？」

我呆呆地愣在那兒，這是在説我嗎？

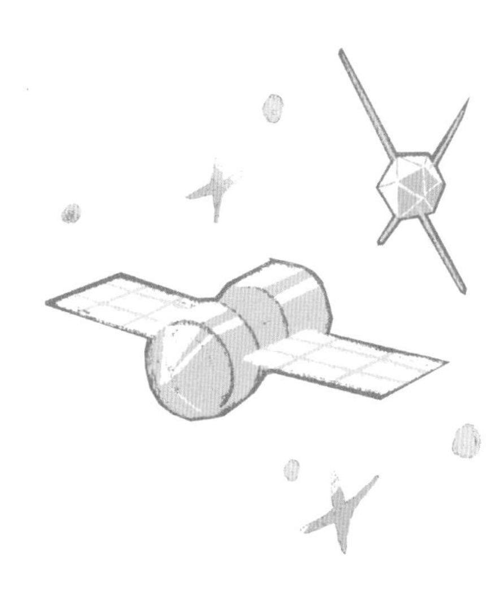

我願意成為「代替品」

「這些證明不了什麼！」

我用力搖搖頭：「我只是你暫時的代替品，那些事情應該不是我發自內心想做的。一定，一定是你用了某種魔咒，一定是！」

就算我的所作所為都被假裝成小鬼的阿T看在眼裏，但我仍舊不想承認這個事實！

要知道，我可是臭名昭著的宇宙大盜西柚！比榴槤口香糖還臭的壞人，我怎麼會不知不覺變成了一個有愛心的好人呢？

「別懷疑了，那個守規矩的好心人就是你，就是過去的宇宙大盜西柚，現在的魔術師阿T！」變成小鬼的魔術師一轉頭，又變成了麻臉婆婆。

我鬱悶地捂住了眼睛，原來麻臉婆婆也是他變的啊！看來，阿T是有預謀的，特意去「制止」了我的偷盜行為。但是在修繕城堡的時候，他一定也偷偷地幫我出了力。

這討厭的傢伙，到底有多少身分？可惜我現在只有這一個身分可以選，而且，這段時間我也已經完全適應了魔術師的身分。

我只能裝作很氣憤的樣子，兇巴巴地説：「你竟然變成各種人來監督我！好吧！你儘管説吧，現在你準備把我變成什麼？我才不怕呢！」

我確定這才是我現在最應該關心的問題，要知道，只要他願意，他可以把我變成任何東西，一塊大石頭、一隻臭靴子、一片芝士或者一尊雕像。

「我不是監督你，而是幫助你。」魔術師阿T上下打量了我很久，看得我渾身都不自在。

「你想要變回宇宙大盜西柚嗎？」他認真地問。

「我……我……」這個問題令我一時語塞。

我這是怎麼了？我不是一直對這個「代替品」的身分耿耿於懷，想要找到真正的魔術師阿T，變回自己宇宙大盜西柚原有的模樣嗎？我不是一直想要繼續去盜取小衛星、過自由自在的生活嗎？

可現在阿T就站在我的面前，我竟然有些猶豫，甚至有些害怕了？

沒等我回答，阿T就繼續道：「我覺得你這個魔術師做得很好，不如，就這樣繼續下去吧！況且，一百位婆婆和滿屋孩子也真的很喜歡你，我想他們肯定不想看到你被關進宇宙黑洞監獄裏吧。」

接着，那雙幾乎可以看透一切的清澈眼睛忽然靠近我，笑瞇瞇地說：「你說對嗎？魔術師阿T！」

我一愣，這麼說我不用變成宇宙大盜西柚，也不用被關進宇宙黑洞監獄了？這個主意當然不錯，但是現在，還有一個問題需要解決。

「可以這麼說。」事到如今，我不得不承認我內心的真實想法了。

「沒錯，我喜歡被愛包圍，我喜歡做魔術師阿T，可是那今後怎麼辦？有兩個魔術大師阿T嗎？」

阿T抖了抖他紅色燕尾服的衣襬，瀟灑地說：「那有什麼，既然大家喜歡我們，多幾個怕什麼？我們可以居住在不同國家啊！就當這個世界上少了一個宇宙大盜，多了一個魔術大師吧！」

「太棒了，我怎麼沒想到！」我開心地揮了一下拳頭。這個主意令我很滿意，想到要徹底放棄宇宙大盜西柚的身分，我竟沒有一絲不捨。不僅如此，我還特意邀請阿T和我一起站在鏡子前照了照，這下我放心了，我們果然一模一樣。

沒錯，我喜歡成為阿T的代替品，我願意。

要知道，這段時間以來，我從過去無節制地獲取，變成了無條件地付出。剛開始我確實會覺得有點心疼那些花出去的金幣，但漸漸地，我竟然體會到了付出的快樂。

沒錯，原來的我可以輕而易舉地得到任何東西，但我的心總是懸着的。現在我要付出很多努力，才能有一點點收穫，但我的心卻踏踏實實地落了地。

也許，這就是因為我的心中現在裝滿了愛，這就是愛的力量吧！

原來，幸福本來就是一件簡單的事情。

那種感覺像什麼呢？像是你偷了一塊熱騰騰的烤地瓜，東躲西藏後，窩到陰暗的角落，拿出已經變涼的地瓜獨自享用，與你捧出自己烤得熱騰騰的烤地瓜，和朋友一起分享的區別。

你以為我的故事就這樣愉快圓滿地結束了嗎？不，我早說過，在我身邊，總有意想不到的事情發生。

一周以後，在婆婆園，一場奇特的聚會開始了。

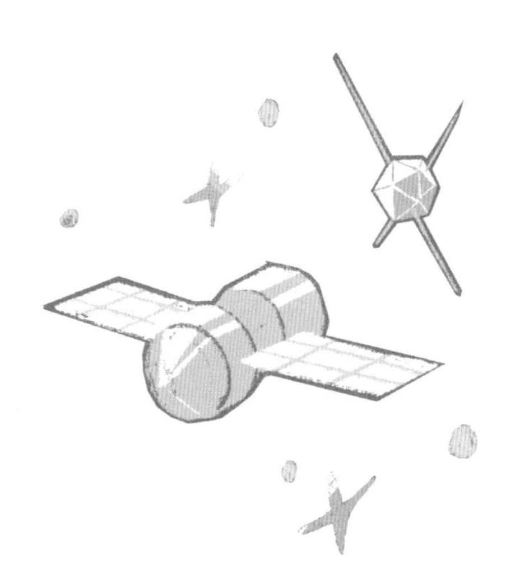

魔術師大聚會

「婆婆園的城堡後花園裏，將舉行一場盛大的宴會。孩子，你一定要來哦！」

當麻臉婆婆的寵物鴿子把這封邀請函銜給我時，我壓根沒想到，這場聚會竟然這麼奇特！

不是婆婆們做的點心多奇特，也不是她們的城堡發生了奇特現象，而是參加這次聚會的人，竟然是……幾十個魔術師阿T！

他們都有着白淨的皮膚、乾淨的下巴、紅色的燕尾服和水藍色的魔術棒。他們坐在一起交談，互相打趣，喝着婆婆們做的鮮榨果汁。

「這，這到底是怎麼回事？」我撓了撓後腦勺，有些不可思議：「是阿T又在研究什麼新的魔術嗎？」

正當我懷疑這些是不是阿T變出的木頭人時，一個阿T張開雙臂向我走過來。

「歡迎偉大的魔術師阿T！」接着，他湊在我的耳朵邊，小聲問道：「嘿，伙計，你是誰？」

「我是魔術師阿T啊！」我想都沒想就回答道。

「哈哈哈！」院子裏爆發出一陣歡樂的笑聲。

「看！我們都是魔術師阿T。不過，在我們當中……」那個站在我旁邊的阿T壓低了嗓門説：「有催眠惡魔暈乎乎、霹靂小偷滑溜溜、火藥人轟隆隆，還有很多比臭榴槤口香糖還臭的名人！這是一場奇妙的魔術師聚會。」

「不會吧？」我驚訝得眼睛都瞪圓了。

原來這些阿T全都是宇宙通緝榜上的人物，他們分布在各個國家。為了隱藏自己原來的身分，每個阿T都不斷做着好事，同時也收穫了安逸幸福的生活！

難怪好久都沒聽説誰抓到過通緝榜上的壞人了，原來他們都像我一樣，換了個身分，藏起來做好人了啊。不過，雖説這些阿T長得一模一樣，但憑藉我宇宙大盜西柚的精準洞察力，我仍舊可以看出他們的區別。

看吧，那個臉蛋紅撲撲、眼中帶火的阿T一定是火藥人轟隆隆；那個眼神飄忽、步伐輕快的阿T，一定就是霹靂小偷滑溜溜；還有那個……

就在我饒有興趣地區分誰是誰的時候，婆婆們端着很多盤熱氣騰騰的餡餅走了過來。

「孩子們，快來吃新鮮的牛油餡餅了！」

接着，秘密屋的小傢伙們也興高采烈地朝我們飛奔過來。他們有的抱住一個阿T的腿，有的纏住一個阿T的腰，而大大國的巨人小孩，則把我高高舉了起來。

「阿T爸爸們好！」他們尖叫着。

在我被放下來後，我承認，我再也無法判斷誰是誰了！因為面對婆婆和孩子，所有的阿T都是一樣的。他們臉上帶着陶醉的表情，眼神裏充滿温柔，我跟他們站在一起，簡直就像是照鏡子一樣。

「哪個是真正的魔術大師阿T呢？」我問那一大羣阿T。

但是沒有人能回答我這個問題。他們你看看我、我看看你，然後哈哈大笑起來，一起説道：「誰知道呢！」

於是我用我大盜賊的專業腦袋推測，這個魔術大師最擅長把別人變成自己，變着變着，到後來，連他也分不清自己是誰了。

就像大大國的巨人寶寶說的那樣：「好棒啊，我們有這麼多阿T爸爸！」

對啊，管他呢，總之所有人都是魔術大師阿T就對了！

我們這些壞人沒有被關起來，沒有被消滅掉，而是變成了能帶給大家快樂和驚喜的魔術師，這就是全宇宙最厲害的魔術了！

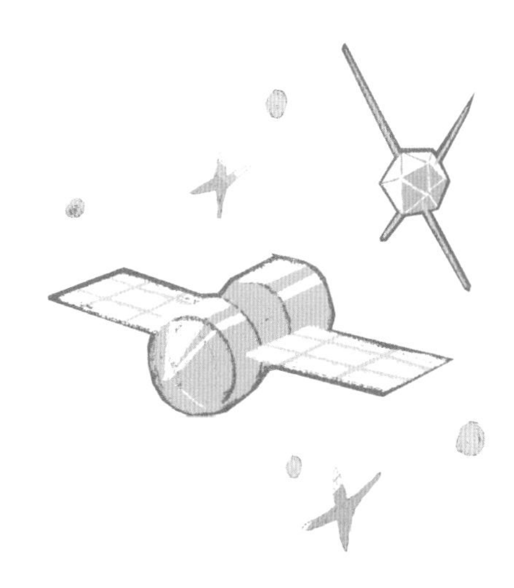

古怪國不思議事件 4
身分被盜的宇宙大盜

作　　者：段立欣
繪　　圖：吐紙超人
責任編輯：林可欣
美術設計：劉麗萍
出　　版：新雅文化事業有限公司
香港英皇道499號北角工業大廈18樓
電話：（852）2138 7998
傳真：（852）2597 4003
網址：http://www.sunya.com.hk
電郵：marketing@sunya.com.hk
發　　行：香港聯合書刊物流有限公司
香港荃灣德士古道220-248號荃灣工業中心16樓
電話：（852）2150 2100
傳真：（852）2407 3062
電郵：info@suplogistics.com.hk
印　　刷：中華商務彩色印刷有限公司
香港新界大埔汀麗路36號
版　　次：二〇二一年九月初版

版權所有・不准翻印
Text copyright © Duan Lixin 2018
Editor: Fan Yanni
Graphic Designer: Liu Yanyan
Simplified Chinese edition copyright © 2018 by China Children's Press & Publication Group Co., Ltd.
Traditional Chinese edition copyright © 2021 by Sun Ya Publications (HK) Ltd.
This edition arranged through China Children's Press & Publication Group Co., Ltd.
All rights reserved.

ISBN: 978-962-08-7860-2
18/F, North Point Industrial Building, 499 King's Road, Hong Kong
Published in Hong Kong, China
Printed in China